CLASSIC
當代大師
文學經典

加布列·賈西亞
馬奎斯

Gabriel
García
Márquez

沒有人寫信給上校

El coronel
no tiene quien
le escriba

葉淑吟 譯

來自世界的最高讚譽！

就像海明威的《老人與海》，
《沒有人寫信給上校》是舉世公認的巨作，
其飽滿的張力、謹慎的節奏和傑出的結局幾近完美！
——**文學評論家／傑拉德・馬汀**

我認為——我也不止一次地說過——
馬奎斯的大師之作是《沒有人寫信給上校》！
——**烏拉圭詩人／馬里奧・貝內德蒂**

《沒有人寫信給上校》是馬奎斯
三十歲前寫就的完美小說！

——**哥倫比亞《宇宙報》**

優雅與活力的罕見融合，
每一個場景、每一個動作都在歌頌生命、抗拒死亡。
馬奎斯是一個無庸置疑的文學大師！

——**紐約時報書評專刊**

《沒有人寫信給上校》是一部完美傑作！

——**智利作家／羅貝托・波拉尼奧**

馬奎斯的風格直截了當，
他毫無保留地接受了這些角色們的態度，
一如他接受燥熱和降雨般必然。

——寇克斯評論

我大力推崇《沒有人寫信給上校》！

——智利作家／荷西．多諾索

【導讀】

暴力年代的詩學副本

作家／童偉格

一九五七年初，在三十歲生日前夕，困居巴黎的馬奎斯，完成了《沒有人寫信給上校》這部小說。彼時，沒有任何徵兆顯示，他會是將來，那位世界知名的小說家。他主要是一名記者，志趣在電影，特別鍾愛義大利新寫實浪潮的作品：很長一段時間，薩瓦提尼（Zavattini）與狄西嘉（De Sica）這對編導搭檔的創作，尤其是以獨特方式，融合紀實報導與詩意想像的《米蘭奇蹟》（一九五二），成為馬奎斯臨摹的主要文本，為他，初步陳明了就個人探索而言，具體說來，什麼是所謂的「魔幻寫實」美學。用馬奎斯自己的話來說，「我是薩瓦提尼之子，他是『發明情節的機器』，故事就這麼流瀉而出。薩瓦提尼使我們瞭解感覺比知性的原則更重要。」這些電影文本，比任何文學作品，對馬奎斯而言更形重要；還因彼時的他，就如許多時代左翼青年那般認知到，小說是一種資產階級的藝術形式，而新興的電影，才是大眾藝術的希望所託。

於是，當一九五五年夏天，受《觀察家日報》派遣駐歐時，這位左翼青年，決定善用機會遍遊舊大陸，並尋徑前赴羅馬，學習電影編劇。對於此行主要任務，從巴黎，前去位於日內瓦的聯合國總部，採訪美俄英法四巨頭，有關冷戰核子危機，及蘇伊士運河主權歸屬等議題的協商會議，馬奎斯以刻意浮誇的報導來應對，著意反諷那些在談判桌上博弈世局的「大人物」們，有如好萊塢演劇般的自視顯赫；對於此行個人田調，他則以耐勞的苦行，穿梭與見歷鐵幕兩端的尋常生活。

然而，半年下來，不只羅馬電影課程令他失望，事實上，他感覺恐怕整個歐洲，已不能再教導他什麼必須親身實履，才能習得的新知；而他跨海前來，好像是專程「來這裡看著它腐爛」似的。抱著這種失落感，他在是年年底退守巴黎。是在那裡，這位駐歐記者才得知隔海風暴：因不堪哥倫比亞政府強加的新聞審查與人身威脅，《觀察家日報》宣布解散；繼起新組的《獨立報》，在強撐兩個月後，也不支倒地。報社寄來了回國的機票，但馬奎斯決定賣掉機票，以換取生活費，並設法長期居留巴黎。由此，這位異鄉的無業遊民，以空前的自由與貧窮，開始了長達一年的，與《沒有人寫信給上校》書稿的奮戰。

也可以說，小說，就這麼找回了終於再無旁騖的馬奎斯。很多年後，當重讀小說，我們自然能明快確認，《沒有人寫信給上校》可以是小說家許多作品的共同索引。這既是因為其中內容，如藉由小說主角（一位無名上校）之憶往所陳述的馬康多地景，及對「千日戰爭」（一八九九～一九〇二）這場哥倫比亞內戰中，「革命軍總軍需部長奧雷里亞諾．波恩地亞上校」的身影描摹，凡此諸多虛構細節，均指涉十年之後方成的《百年孤寂》（一九六七）。原因亦是就敘事美學而言，從開篇的一場喪儀側記開始，作者謹遵寫實律法，只以主角之夢憶或幻見，在《沒有人寫信給上校》裡低抑封存的一切魔魅視域，即將在兩年後，藉由《大媽媽的葬禮》（一九五九）這部作品，來為讀者更全面地展陳——自此，馬奎斯也才成為世所知解的那位，獨具風格與原創性的小說家。

於是宏觀看來，就個人寫作系譜而言，《沒有人寫信給上校》無疑是小說家馬奎斯，在小說創作上的真正「起點」。因為就像許多「起源之作」，對意向各異的創作者，所呈現的普遍共徵一樣，一方面，《沒有人寫信給上校》總結了小說家此前對寫作的困思，將原先獨自猜想的，蛻化為可付諸言表的；從而，肇啟了近切的轉折，與再創造的能力。另一方面，《沒有人寫信給上校》也以最素樸的面貌，牽繫了再更多次蛻化後，做為小說家，馬奎斯始終不渝的洞見。

更簡單說：《沒有人寫信給上校》是小說家之後一切作品的原型。這種原型樣態，體現於小說本身的簡練形構——我們看見，除了那位不幸的無名上校，漫無所止地等待自己退伍金的到來，因此而一再寄望、且再重複失望以外，這整部小說，並無多餘的戲劇動作，或更具戲劇性的主題。小說循此主題，將上校凡五十六年的空等往歷，壓縮、並盤桓成一個沉鬱多雨的十月；而最後段落的時間過渡，當上校「不需要打開窗戶，就能感覺十二月已經到來」伊時，上校本人，也僅僅只是驗證了，「等待」這個行為還將持續下去，在餘生中徘徊不出，更愈形同餘生本然。

也因為是這樣一種並無其他戲劇性的簡練形構，小說家的書寫，才有望將諸般細瑣描述，代換成事關本質的隱喻：在此，遭政府殺害的上校之子奧古斯汀，所留下的那隻鬥雞，逼視著未滅的尊嚴，與記憶者的重擔；上校與老妻的家務爭執與各自病苦，磨砥著情感中深切的互解，與難解衝突；而他們自領的小小生活場域，那樣一座兀立於林中深處、任雨緩慢腐朽一切的河濱小鎮，則隱然為讀者，全景統攝了更廣袤世間的同一終局。

這般全景統攝之所以可成，直接因為馬奎斯將《沒有人寫信給上校》，視作某種「副本寫作」來實踐。如也許眾所周知的：小說中，等候退伍金餘半世紀的無名上校，事實上，原是小說家攜至歐洲續寫的另部小說草稿，《邪惡時刻》（一九六二）裡的一名配角。也就是說：當小說家猶迷航於一九五〇年代當下，哥倫比亞政爭的錯綜烽火，尚不知如何，方能讓《邪惡時刻》的寫作成功突圍時，他接出無名上校與那座河濱小鎮，另成新稿，且在新稿的寫作中，將是地與其人靜謐拋離，從而涵納更長的時間想像——與《邪惡時刻》草稿相比，《沒有人寫信給上校》裡的河濱小鎮像上溯時序，一切地景，毋寧更像一九四〇年代，馬奎斯曾隨父母短暫住過的蘇克雷小鎮；但小說人物，餘生僅剩等候飽經延誤之信件，終能追跨時差而來的上校本人，卻像以其無名狀態，下行到比一九六〇年代更形迢遠的無事未知裡去了。

於是，以作者寫作的當下年代為基準，馬奎斯想像並摹寫著一名未來老人，如何置身於從前，那尚未順時翻新的地景之中。由此，困擾著作者的紛亂當下，被平寧地，留白於一個更大的虛擬時間跨度裡，無需實寫，卻埋伏在老人，對時間的每次據實觀瞻中。只因在那不可能的置身裡，老人每次記述年頭、日期，甚至微細到時刻，事實上，皆反語著這般準確記憶並無客觀實義，而比較接近是一種獨屬個人的孤絕抵抗。它讓我們更實感，對孤自記憶者而言，時間何以可能，竟像是循環不斷的苦刑。

此即就我猜想，《沒有人寫信給上校》的特殊詩學——它以淡漠的幽默與哀傷，隱語著在極端漫長的暴力年代裡，個人記憶難能聲張的實況。而如我們所知：當一九六一年，《沒有人寫信給上校》終於順利出版時，首刷的兩千本，只賣出了八百本；要再經過更多年，人們才認知到，它是極罕見的那種優秀小說。於是，倘若我們說，《沒有人寫信給上校》索引著馬奎斯的許多作品，這其實亦反向說明了：多年以後，馬奎斯的許多作品，才終於相對完整地，示現了《沒有人寫信給上校》預藏的前瞻性。

如此，這部「起源之作」，在六十年後，再次新穎地面向我們。

1

上校打開咖啡罐，發現裡頭只剩下一小匙咖啡粉。他把鍋子從爐灶拿開，往泥土地面倒掉半鍋水，拿起刀對準鍋子刮了刮罐底，刮出最後一丁點咖啡粉，其中還摻混著從罐底剝落的鐵鏽。

上校坐在陶灶旁，等著咖啡煮沸，他的表情滿是天真、信任和期待，然而，內心深處卻冒出有毒的菇菌和百合花。已經十月。即使他熬過無數個像這樣的早晨，這一天依然寸步難行。從最後一場內戰結束以來，已經過了五十六年，上校唯一能做的只有枯等。十月是他在等待中到來的寥寥可數的幾樣東西。

他的妻子看見他端咖啡進臥室，掀開了蚊帳。前一晚，她氣喘發作，此刻整個人昏昏沉沉。但是她依然從床上坐起來，接過那杯咖啡。

「你呢？」她問。

「我喝過了。」上校說謊。「還剩一大匙咖啡粉。」

這一刻，喪鐘響起，上校原本已忘記葬禮。他在妻子啜飲咖啡時，將吊床一端拆下，捲到另外一頭，收在門後。女人想著死者。

「他一九二二年出生。」她說。「正好比我們兒子晚一個月。四月七日。」

她粗喘著，只能趁停歇時一口口啜飲。她全身軟綿無力，靠著僵硬而彎曲的脊椎撐起身體。因為呼吸不順暢，她不得不每問一個問題，就把問題再重複一遍。喝完咖啡後，她的思緒還圍繞死者打轉。

「在十月下葬，應該很可怕吧。」她說。但是她的丈夫沒專心聽她說話。他打開窗戶。十月的腳步已經駐足在院子裡。上校凝視著植物一片生氣盎然的翠綠，蚯蚓在土壤裡挖出了迷你帳篷，內心再一次覺得這會是個決定性的十月。

「天氣溼，我的骨頭酸痛。」

「都是冬天的緣故。」他的妻子回答。「從開始下雨，我就叫你穿襪子睡覺。」

「我已經穿襪子睡一個禮拜了。」

只是綿綿細雨，但下個不停。上校想包著羊毛毯，躺回吊床。可那不斷敲響的銅製吊鐘聲，提醒他葬禮的事。「已經十月。」他低喃，走向房間中央。就在這時，他想起公雞還綁在床腳。那是一隻鬥雞。

他把咖啡杯拿回廚房，經過客廳時，他瞥了擺鐘一眼，鐘的外框精雕細琢，十分精緻。這裡跟狹小的臥室不同，寬敞的空間有助氣喘病患呼吸，裡頭擺置一張鋪上檯布的小桌子，桌旁圍繞四張纖維搖椅，還有一尊貓石膏雕像。跟時鐘相對的牆面掛著一幅畫，畫中是位身著薄紗的女人，她乘坐一艘載滿玫瑰的小船，四周圍繞著小天使。

他上好發條時，已經七點二十分。接著，他把公雞帶到廚房，綁在爐灶一腳，更換陶罐的水，在旁邊撒一把玉米粒。一群孩子從鐵絲網籬笆的缺口鑽進來。他們坐在公雞旁邊，安靜地看牠。

「別再看那隻公雞啦。」上校說。「越看越折損。」

他們不為所動。其中一個拿出口琴吹奏一首流行歌曲。「今天別吹。」上校對他說。「村裡有人過世。」那孩子把樂器收進褲子口袋，上校回到房間，打算換上參加葬禮的服裝。

因為妻子氣喘發作，他的白色衣服還沒燙。因此，上校不得不決定改穿黑色毛料西裝，婚後他只在特殊場合穿這套衣服。他費了一番力氣，才在衣箱底部找到用報紙包好的衣服，裡面還放著防蠹蟲的樟腦丸。他的妻子躺回床上，心中仍惦念死者。

「他應該跟奧古斯汀碰面了。」她說。「或許他沒把我們在兒子死後的境況跟他說。」

「這個時候，他們可能在討論鬥雞。」上校說。

他從衣箱找出一把舊時的大雨傘。那是妻子在一場政治活動抽中的獎品，那場活動的主要目的是替上校支持的政黨募款。同樣在那天晚上，他們夫妻前去觀看一場露天表演，後來遇上了雨，不過表演順利結束，沒有中斷。上校、他的妻子和那年八歲的兒子奧古斯汀，撐著雨傘，把表演從頭到尾看完。如今，奧古斯汀入土為安，蠹蟲已蛀壞他躺著的緞面內襯。

「妳瞧，這把馬戲團小丑雨傘變成什麼樣。」上校從前也說過這話。他在頭上撐開一片金屬枝條交織的神秘網狀物。「現在只能拿來數星星了。」

他露出微笑。但他的妻子懶得再看那把雨傘。「世間萬物都一樣。」她嘟囔。「包括我們，都是這樣活生生地慢慢腐爛。」然後她閉上雙眼，更用力地想著死者。

屋內從很久以前就沒鏡子，上校只能靠著指頭觸摸來刮鬍子，接著他默默地換上衣服。褲子穿起來跟長衛生褲一樣貼身，褲管用繩索束緊，腰部有兩片同樣也是毛料材質的長帶，扣在兩邊腰際高度的金色帶釦上。他不用皮帶。他身上的襯衫是舊紙箱顏色，質地也跟紙箱一樣硬邦邦，前面有一排能支撐假領的銅釦。但是襯衫的假領早已損壞，因此，上校不打領帶。

他把每個步驟當重大的儀式進行。他雙手的皮膚光亮緊實，不過也如同脖子的皮膚一樣長著白斑。穿上漆皮短靴前，他刮掉黏在縫線上的泥巴。他的妻子望著他，這一刻他打扮得跟婚禮那天一模一樣。只是她在這時發現，丈夫衰老了那麼多。

「你像是要參加重大盛事。」她說。

「這場葬禮是重大盛事沒錯。」上校說。「是這麼多年來，我們第一次遇到的自然死亡。」

九點過後，雨過天青。上校正準備出門時，妻子抓住他外套的袖子。

「梳一下頭髮。」她說。

他拿起一把牛角梳，試著把那頭恰似馬鬃毛的銀白頭髮梳得服貼一點，但只是徒勞無功。

「我看起來應該像隻鸚鵡吧。」他說。

妻子將他仔細打量一番。她不這麼覺得。上校看起來不像鸚鵡。他身材乾癟，全身的骨頭像是關節鎖上螺絲那樣不靈光。但他的雙眼充滿生命力，壓根兒不像泡在福馬林裡的死氣沉沉標本。

「看起來不錯。」她說，接著又在他離開房間時補上一句：

「問醫生，他來家裡是不是不自在。」

他們住在村莊的最邊緣，屋子是棕櫚葉屋頂，石灰牆壁斑駁不堪。雨雖然停了，空氣依然溼重。上校沿著一條街道往下走到廣場，兩旁屋子鱗次櫛比。走過中央街道時，他感覺身體一陣顫抖。放眼看去，他的村莊滿是鮮花。家家戶戶門口坐著身穿黑衣的女人，她們正在等待送葬隊伍到來。

廣場上再一次下起綿綿細雨。撞球場的老闆站在店門口，看見上校，他張開雙臂對他大喊：

「上校，等一等，我拿把傘借您。」

上校頭也不回地回答他：

「感謝，但是我不需要。」

送葬隊伍還沒出現。男人穿著白西裝和打黑領帶，撐著雨傘在門口談天。其中一個瞥見上校跳過廣場上的水窪。

「來這裡躲雨，兄弟。」他人喊。

他在傘下讓出一個空位。

「感謝，兄弟。」上校說。

但是他沒接受他的邀請。他直接進入屋子，打算跟死者的母親弔唁致意。首先，他注意到的是各種花卉的氣味。接著是撲來的熱氣。上校穿過堵在臥室裡的人群。但有人伸出手往他的背部推，將他推擠向前，越過一張張表情迷惘的臉龐，直到臥室盡頭，死者就躺在那裡，張著深深擴大的鼻孔。

死者的母親拿著一把棕櫚葉編織的扇子在棺材旁揮趕蒼蠅。其他一樣黑色打扮的女人凝視著遺體，臉上的表情就像凝望河中的水流。突然間，臥室的盡頭傳來一個說話聲。上校擠開一個女人，站到死者母親身旁，把手搭在她的肩上，壓低聲音說話。

「請節哀順變。」他說。

她沒轉過頭，只是張開嘴，發出長長一聲哀號。上校嚇了一跳。他感覺擠得變形的一團人推著他靠近遺體，每個人都發出尖聲哭喊。他雙手尋找牆壁，想找個支撐點，卻找不著。牆壁已經靠滿其他人。有人在他的耳邊，用非常溫柔的聲音緩緩地叮嚀：「上校，小心。」他別過臉，映入眼簾的卻是死者。可是他沒認出他來，因為那張看似活生生的臉已經僵硬，烙印著跟他一樣驚惶無措的表情，而且身體包裹白布，手裡拿著一支短號。他抬高頭，想在一片哭叫聲中尋求一絲空氣，接著看見他們蓋棺，抬起棺木，踉踉蹌蹌，往門口而去，把沿途一排鮮花壓碎在牆壁上。他汗水直流，骨頭關節痛了起來。半晌，他發現自己來到街上，綿綿的雨絲毫不留情地淋溼了他的眼皮，有人抓住他的手臂，對他說：

「快一點，兄弟，我在等您。」

是沙巴斯先生，他是他已經安息的兒子的教父，是他的黨派唯一逃過政治迫害的領導人，現在依然住在村裡。「感謝，兄弟。」上校說，他撐著傘，默默地走著。樂隊奏起喪葬輓歌。上校注意到缺了管銅樂器，於是第一次有種死者真的已不在人世的真實感。

「可憐的傢伙。」他低聲說。

沙巴斯先生乾咳一聲。他左手拿著雨傘，因為比上校矮，幾乎是將手把高舉在頭部旁。送葬隊伍經過廣場之後，兩人開始交談起來，這時，沙巴斯先生轉過他哀淒的臉龐，看著上校說：

「兄弟，鬥雞近來可好？」

「老樣子。」上校回答。

就在這一刻，一聲叫喊傳來：

「您們要抬死者去哪裡？」

上校抬起頭。他看見村長在警察局的陽臺上，一臉若有所思的模樣。他穿著一件法藍絨上衣和一條短襯褲，還沒刮鬍子的臉頰看起來顯得浮腫。樂師停止奏輓歌。一會兒過後，上校聽見安赫神父跟村長大聲交談。雨水打在雨傘上，淅淅瀝瀝，他隱約聽到他們的談話。

「怎麼回事？」沙巴斯先生問。

「沒什麼。」上校回答。「送葬隊伍不能從警察局前面經過。」

「我忘了這件事。」沙巴斯先生驚呼。「我老是忘記現在是戒嚴時期。」

「但是這不是暴動啊。」上校說。「只不過是個可憐的樂師死了。」

送葬隊伍換了方向。下面社區的婦女啃咬指甲，默默地看著棺材經過。之後，她們紛紛走到街道中央，大聲地讚美、感念和道別，彷彿躺在棺材裡的死者聽得到她們的話。到了墓園，上校感覺不太舒服。這時，沙巴斯先生將他推到牆壁邊，好讓路給抬棺的幾個男人，接著他轉過頭想對他微笑，卻撞見他一臉嚴肅。

「怎麼了，兄弟？」他問。

上校嘆口氣。

「已經十月了。兄弟。」

他們沿著同一條街道走回去。這時天氣已經放晴。天空轉為一片湛藍。「看來不會再下雨了。」上校心想，這時他身體舒服許多，但依舊專注在思緒中。沙巴斯先生打斷他。

「兄弟，去看個醫生吧。」

「我沒生病。只是十月到了，肚子不舒服。」

沙巴斯先生露出「喔」的表情。到了家門口，他向上校道別，他的家是一棟新建築，兩層樓高，窗戶加裝了鐵柵欄。上校也啟程回家，急著想換掉一身參加重大場合的西裝。之後，他又出門到街角的商店，買了一罐咖啡粉和半磅餵公雞的玉米。

2

這天是禮拜四，上校想要好好地躺在吊床上休息，不過他還是認命去照顧公雞。一連幾天都沒放晴。他肚子脹氣整整一個禮拜，還失眠好幾夜，夜裡聽著妻子肺部的喘鳴聲，內心十分難受。到了禮拜五下午，十月的雨終於停歇。奧古斯汀昔日那些跟他一樣熱中鬥雞的裁縫工同事，趁著雨停，過來檢查他的公雞。公雞很健康。

當家裡只剩上校跟妻子時，他回到房間。她已經恢復精神。

「他們怎麼說？」她問。

「他們興致勃勃。」上校告訴她。「每個人都在攢錢，要對公雞下注。」

「不曉得他們怎麼看這隻這麼醜的公雞。」他的妻子說。「我覺得這是一隻不平凡的鬥雞：相較於兩隻腳，頭部顯得很小。」

「他們說這是省內最厲害的一隻鬥雞。」上校回答。「可以賣到五十塊披索。」

他相信，這個理由足以證明他決定留下鬥雞是對的，這可是他兒子的遺產，九個月前，兒子在鬥雞場散發秘密傳單，被打得渾身是傷喪命。「那是代價高昂的痴夢。」他的妻子說。「等玉米粒吃完了，我們就得拿自己的肝臟餵牠。」上校一邊在衣櫃裡找卡其褲，一邊細細思考她的話。

「只要再幾個月。」他說。「現在已經確定一月一定會舉辦一場鬥雞比賽。賽後，我們可以用最好的價格賣掉公雞。」

他的褲子還沒燙。他的妻子把褲子放在爐灶上，拿兩片炭火烤過的鐵片熨平。

「急著出門做什麼？」她問。

「去郵局。」

「我忘了今天是禮拜五。」她一邊說一邊走回房間。上校已經換好衣服，不過還沒穿上褲子。她瞥一眼他的那雙鞋子。

「那雙鞋子快破了。」她說。「還是改穿漆皮靴子吧。」

上校感到一陣辛酸。

「這雙真像孤兒穿的鞋。」他抗議。「每次穿這雙鞋，都像從收容所逃出來的。」

「我們是兒子丟下的遺孤呀。」他的妻子說。

這一次她也成功勸阻他。上校往港口而去，這時河輪還沒鳴笛。他腳踩漆皮靴子，身穿白色褲子，沒繫皮帶，襯衫沒上假領，只是緊緊地扣上銅釦。他在敘利亞人摩伊塞斯的雜貨店看著河輪靠岸。旅客在船上長達八個小時動彈不得，下船時，個個模樣淒慘。臉孔還是同樣一批：流動攤販，和上禮拜出遠門後依照既定行程返家的村民。

最後一艘是郵件河輪。上校看著河輪靠岸，內心忐忑不安。他發現郵袋就在船頂，綁在幾支蒸汽管旁，蓋上一層油布。他苦等十五年，直覺早已被時間磨得敏銳。一如他的憂慮被家中那隻公雞折騰得深刻。他看著郵局局長踏上河輪，解開郵袋，扛上背部。

他跟在他的後面，沿著跟港口平行的街道走著，這條街是雜貨店和陳列各色商品的棚屋交錯而成的迷宮。每次跟著局長走在這裡，一股不安就會湧上心頭，這種不安非比尋常，比較像是壓迫人的恐懼感。而醫生也在郵局裡等他的報紙送來。

「醫生，我的太太要我問，您來我們家是不是不自在。」上校對他說。

他是個年輕的醫生，有一頭閃耀的金色鬈髮。他露出完美得不真實的牙齒，問起他妻子的健康狀況。上校對他仔細地描述一番，不過沒放過局長把信分送到各個信箱的每個動作。他那懶洋洋的模樣叫上校失去耐心。

醫生收到了他的報紙包裹。他把科學宣傳期刊放到一邊。接著，他大略瀏覽一下私人信件。與此同時，局長把信件分送給在場的收信人。上校凝視屬於他的那個姓氏字母信箱。他瞥見一封藍邊的航空信，大為緊張。

醫生打開報紙的戳印，讀起重要新聞，上校則是視線鎖緊信箱，等待局長停在他的信箱前面。但是局長並沒有停下來。醫生放下手中報紙，瞄了上校一眼。接著，他看向此刻坐在電報機前面的局長，最後視線回到上校身上。

「我們走吧。」他說。

局長沒抬起頭。

「沒有上校的信。」他說。

上校感到困窘。

「我不是在等信。」他說謊。他再次看向醫生，眼神充滿孩童的天真無邪。「沒有人寫信給我。」

他們安靜離開。醫生專注讀報。上校的走路方式一如平常，模樣像是回頭尋找在路上遺失的一枚錢幣。這是個陽光普照的下午。廣場上的杏樹飄落最後的腐爛樹葉。當他們走到診所門口，天色開始暗下。

「有什麼新聞？」上校問。

醫生把好幾份報紙給他。

「不知道。」他說。「現在是新聞審查時期，很難在字裡行間讀出些什麼。」

上校瀏覽一眼國際新聞的主要標題。上方有四篇專欄，其中一篇是關於蘇伊士運河國營化的報導。首頁則幾乎被一則訃帖覆蓋。

「看來選舉無望。」

「上校，別大頁了。」醫生說。「等我們盼到救世主時，已經垂垂老矣。」

上校想把報紙還回去，但是醫生拒絕了。

「您帶回家吧。」他說。「今晚看完，明天再拿還給我。」

七點過後不久，塔樓傳來禁看電影的鐘響。安赫神父每個月都會收到電影清單，再透過鐘響，宣布他對每部電影的道德分類。上校的妻子數了數，總共十二聲。

「這部電影大家不能看。」她說。「這一年來，每部電影都不能看。」

她放下蚊帳，嘴裡嘟囔：「這個世界已經敗壞。」但是上校沒做任何評論。上床前，他把公雞綁在床腳。他關好屋內門窗，在臥室裡噴灑殺蟲劑。接著，他把燈放在地上，掛好吊床，躺下來讀報紙。

他按照時間順序來讀，從第一頁讀到最後一頁，包括廣告在內。晚間十一點，宵禁的號角聲響起。半個小時後，上校讀完報紙，打開後院的門，外面的黑夜濃得化不開，他對著柱子撒泡尿，蚊子圍了上來。當他回到臥室時，妻子還醒著。

「報上沒提老兵的消息嗎？」她問。

「完全沒提。」上校回答。他熄燈，然後躺回吊床。「一開始報紙還會登些領到退伍金的新名單，可是從大概五年前，就開始隻字不提。」

午夜過後，開始下雨。上校睡著了，可是腸胃不舒服，沒多久就醒來。他發現屋內某個地方漏水。他裹著羊毛毯子，把頭部也緊緊蓋住，試著在漆黑中辨識漏水聲從哪個角落傳來。一絲冷汗從他的背脊滑下去。他感覺身體發燙，整個人飄飄然，像在一個果凍池子裡轉圈。有人在說話。而他躺在他那張革命軍的單人床上答話。

「你在跟誰說話？」他的妻子問。

「跟假扮老虎的英國人。他出現在奧雷里亞諾．波恩地亞上校的營區。」上校回答。他在吊床上挪動身體，全身燒得厲害。「那是馬爾博羅公爵。」

黎明時分，他清醒過來，身體極不舒服。彌撒的第二次鐘聲響起，他跳下吊床，回到被雞啼擾亂的混沌的現實世界。他的頭還在繞圈旋轉。他感覺噁心想吐。他走到院子，頂著冬季的陰暗天色，穿過一片細碎的吵雜聲，前往廁所。那是一間鋅皮屋頂的木頭小屋，裡面的茅坑滿是尿騷味，熏得人無法呼吸。當上校掀起蓋子時，一群蒼蠅排成三角形行列，從底下的坑洞飛了出來。

只是虛驚一場。上校蹲在粗糙的木條地板上，已不再內急，但是依然不適。緊急狀況解除後，取而代之的是消化系統隱隱作痛。「老是這樣。」他嘟囔。「每到十月，總是犯老毛病。」他又流露那天真、信任和期待的表情，直到腸子的蠕動平靜下來。接著，他回到臥室找公雞。

「昨晚你燒得神智不清。」他的妻子說。

病了整整一個禮拜後，她開始整理臥室，上校花費一番力氣，才記起昨晚的事。

「那不是發燒。」他說謊。「是夢得糊塗了。」

跟以往一樣，每當氣喘發作結束，他的妻子總是精神抖擻。除了時鐘和那幅美女畫，她把每樣東西都更換位置。她的個子是那麼嬌小，動作是那樣靈活，每當她套上深黑衣服，踩著燈芯絨拖鞋，總給人能穿牆的錯覺。但是在中午十二點前，她又回復人類的形體和重量。她臥床時像是一具空洞的軀殼。此刻，她在蕨類和秋海棠盆栽間忙碌著，屋子每個角落都能見到她的蹤影。「如果奧古斯汀還活著，或許我會想唱首歌。」她一邊說一邊攪動鍋子，鍋裡煮著一塊塊能從熱帶氣候土地上長出來的任何食物。

「想唱就唱。」上校說。「這樣可以紓解不愉快的心情。」

午餐後，醫生上門來。正當上校和他的妻子在廚房啜飲咖啡，醫生推開臨街大門大喊：

「病人都死啦。」

上校起身去迎接他。

「說得沒錯，醫生。」他邊說邊走向客廳。「我總說您跟黑美洲鷲一樣準時。」

他的妻子回到臥室，準備接受醫生檢查。醫生跟上校待在客廳。他一身無瑕的亞麻西裝，儘管天氣炎熱，仍給人清爽的感覺。當上校的妻子說她已準備好，醫生便交給上校一個信封，裡面有三張紙。他在踏進房間前說：「那是昨天報上沒提的消息。」

上校也猜那是一份秘密流傳的油印報，上面概括最近國內發生的事件，報導內地武裝勢力的現況。他沮喪不已。讀了十年的地下新聞，他學到的是下個月一定會有更加驚悚的新聞。醫生回到客廳時，他已經讀完油印報。

「病人的身體比我還強壯。」他說。「要是我罹患這種氣喘，也能活上一百歲。」

上校一臉憂鬱地看著他。他不發一語，把信封遞還他，但是醫生拒絕了。

「傳下去給其他人看吧。」他壓低聲音說。

上校把信封塞進褲子口袋。他的妻子走出臥室說：「醫生，哪天我死了，一定把您一起拖下地獄。」醫生沒回答，只是露出他那口潔亮的牙齒。他把一張椅子拖到小桌子旁，從手提箱拿出好幾罐免費的樣品藥。上校的妻子往廚房走去。

「等一會兒，我給您熱杯咖啡。」

「不用了，非常謝謝。」醫生說。他在一張處方箋寫下藥量。

「我絕對不讓您有毒殺我的機會。」

她的笑聲從廚房裡傳出來。醫生寫完後，大聲地唸出處方，因為他知道沒人能看懂他潦草的字跡。上校仔細聽著。他的妻子從廚房返回，發現丈夫臉上留有前一晚沒睡好的痕跡。

「他今天凌晨發燒。」她指著丈夫說。「嘟囔了兩個小時有關內戰的夢囈。」

上校心頭一驚。

「那不是發燒。」他重拾冷靜並堅持地說。「而且，」他說。「要是哪天我生病，我才不把命交給任何人。我會自己找個垃圾桶倒下。」

他到臥室去拿報紙。

「感謝您的誇獎啊。」醫生說。

他們一起走向廣場。空氣很乾。街道路面的瀝青被曬得快熔化。道別時，上校壓低聲音問醫生：

「醫生，我們欠您多少錢。」

「現在沒欠。」醫生說，並輕輕地在他後背拍一下。「等公雞贏了比賽，您才會收到一人筆帳單。」

上校前往裁縫店，想把地下報拿給奧古斯汀的同事。自從他黨內的夥伴一個個死去，或被逐出村莊，那裡就成為他唯一的庇護所，此刻他孤零零一人，唯一能做的，就是等待每個禮拜五的郵件抵達。

午後的燠熱讓上校的妻子精神奕奕。她坐在走廊上的秋海棠盆栽之間，一旁有一箱已經無法穿的衣服，她像變魔術一般，再一次從無生出新的衣服。她把袖子改成領子，背部的布料改成袖口，再用各種顏色的碎布拼湊成完美的四方形補丁。一隻蟬在院子裡鳴唱。太陽即將西下。但是她沒注意掛在秋海棠盆栽上方的太陽逐漸淡去。天色暗下時，上校回到家，這時她才抬起頭。她舉起雙手搓揉脖子，伸展一下筋骨，說：「我的頭腦跟木頭一樣僵硬了。」

「妳老是這樣。」上校說，但接著他仔細一看，妻子的全身蓋滿各種顏色的碎布。「妳看起來就像啄木鳥。」

「要讓你有衣服穿，非得要當半個啄木鳥不可。」她說。她攤開一件用三種不同顏色拼接成的襯衫，只有領子跟袖口是同一種顏色。「嘉年華會時，你只要脫掉外套就可以了。」

下午六點的鐘聲打斷了她的話。「天使向瑪利亞傳布喜訊。」她大聲禱告，拿起衣服走向臥室。上校跟那些放學後馬上過來看公雞的孩子聊天。接著，他想起隔天就沒有玉米粒餵公雞吃，於是走進臥室跟妻子要錢。

「我想只剩五十分錢了。」她說。

她把錢用手帕包起來，打好結，藏在床墊底下。那是奧古斯汀那臺縫紉機換來的錢。過去几個月，他們靠著這筆錢過活，一分一分地花，用在他們跟公雞的日常所需上面。現在，只剩下兩枚二十分披索和一枚十分披索的硬幣。

「買一磅玉米粒。」他的妻子說。「用找零的錢買明天要喝的咖啡跟四盎司的乳酪。」

「再買一隻鍍金的大象掛在門口。」上校繼續說。「光買玉米粒就要花掉四十一分錢了。」

他們思索了半晌。「公雞是動物，因此耐得住飢餓。」他的妻子開始說。但是看見丈夫的表情，她不得不再考慮一下。上校坐在床上，兩隻手肘撐著膝蓋，玩弄掌心的硬幣，發出響聲。「如果由我決定，今晚就燉一鍋雞肉。這樣吃掉五十塊錢披索應該也不錯。」他停頓下來，打死脖子上的一隻蚊子。接著，他的視線跟隨在房間內晃來晃去的妻子。

「可我擔心的是，那幾個可憐的小夥子已經在存錢。」

這時她開始思索。她拿著殺蟲劑幫浦噴了屋子一整圈。上校發現她的表情有些不太真實，彷彿她正呼喚屋內的精靈尋求意見。最後，她把幫浦放在版畫祭臺上，琥珀色的眼睛盯著上校那雙同樣顏色的眼睛不放。

「買玉米粒。」她說。「天主知道我們該怎麼熬下去。」

3

「麵包竟然生出來了，真是個奇蹟。」接下來的一個禮拜，上校每次坐下來都這麼說。他的妻子不但拼接、修補和補丁的本領驚人，似乎也懂得彌補家庭開支破洞的要訣。十月份放晴的時間拉長了。溼氣轉為令人昏昏欲睡的天氣。他的妻子沐浴在金黃陽光底下，再一次打起精神，花費三天下午整理她費工的髮型。「開始唱彌撒經文了。」上校說。第一天下午，她拿著一支粗齒梳梳開泛著青色光澤的長長髮絲。第二天下午，她坐在院子裡，膝上鋪著白色床單，再拿另一把比較密的齒梳，梳掉在她生病時變多的虱子。最後，她用薰衣草水洗頭，等頭髮乾了以後，將髮絲在脖子後盤起兩圈，用髮叉固定。上校等待。夜裡，他躺在吊床上睡不著，他心繫公雞的命運，一連幾個小時憂心如焚。禮拜三，奧古斯汀的同事替公雞量體重，牠的健康狀況還不錯。

到了下午，幾個小夥子對公雞的獲勝機會評估一番後開心離去，上校也感覺通體舒暢。妻子替他剪頭髮。「妳讓我彷彿年輕二十歲。」他說，並舉起手觸摸和檢查頭髮。妻子心想，丈夫說得並沒錯。

「當我身體好的時候，連死人都能救活呢。」

但是她的這份信心只持續短短幾個小時。除了時鐘和掛畫，家裡已經沒有其他可以變賣的東西。禮拜四晚上，他的妻子在絞盡腦汁後，表示她對現況憂心忡忡。

「別擔心。」上校安慰她。「明天郵件就會到。」

到了隔天，他在醫生診所對面，等待河輪靠岸。

「飛機是神奇的發明。」上校說，而眼睛盯著一袋郵件不放。「聽說，一個晚上就可以抵達歐洲。」

「沒錯。」醫生邊說邊拿著一本畫報搧風。上校在一群人中間找到郵局局長的身影，大家正在等待河輪靠岸好跳上船。局長第一個跳上去。他從船長手中接下一個蠟印信封，接著爬上船頂。郵袋綁在兩個汽油桶之間。

「但是一定有危險。」上校說。他的視線追丟了局長，不久又在一車五顏六色的飲料罐之間瞧見他。「人類進步可是要付出代價的。」

「現在那是比輪船還要安全的交通工具。」醫生說。「能飛在兩萬英尺的高空，高高地飛越暴風雨。」

「兩萬英尺。」上校重複一遍他的話，一臉困惑，不知道這個數字代表的意義。

醫生興致來了。他舉起雙手將畫報拉平，維持一動也不動的姿勢。

「平穩至極。」他說。

但是上校心懸局長。他看見他左手拿著一杯覆蓋粉色泡沫的飲料，右手拿著郵袋。

「而且，海上還有一些船會跟夜間飛行的飛機保持聯絡。」醫生繼續說。「有這麼多小心的措施，肯定比一艘輪船更安全。」

上校看著他。

「當然。」他說。「一定就跟地毯一樣穩。」

郵局局長直接朝他們兩人走過來。上校感覺一股失控的焦慮席捲而來，他往後退，試著看清楚那個蠟印信封上的名字。局長打開郵袋，取出報紙包裹交給醫生。接著，他撕掉裝著私人信件的大信封，確定這批信的數量，逐封檢查收件人姓名。醫生打開報紙。

「還是蘇伊士運河的問題。」他看著主要新聞標題說。「西方丟了地盤。」

上校沒看那些標題。他費了好大勁兒忍耐肚子的不適。「自從實施報禁以來，報上刊的就只有歐洲的新聞。」他說。「最好歐洲人來這裡，我們去那裡。這樣一來，每個人都能知道自己國家發生的事。」

「歐洲人對南美洲的印象就是留八字鬍、拿著吉他和左輪手槍的男人。」醫生拿著報紙笑說。「他們根本不懂這裡的問題。」

局長把醫生的信件交給他，剩下的放進郵袋裡，束好封口。醫生準備讀他收到的兩封私人信件。但是打開信封前，他瞄了上校一眼，接著又看向局長。

「沒有上校的信嗎？」

上校感覺恐懼襲來。局長把郵袋往肩膀一掛，走下人行道，頭也不回地說。

「沒有人寫信給上校。」

上校沒像以往一樣直接回家。他到裁縫店，奧古斯汀的同事翻閱報紙，他啜飲咖啡。

他失望極了。他真想一直坐在這裡等到下個禮拜五，也不願晚上空手出現在妻子面前。但是當裁縫店打烊時，他只得面對事實。妻子在等他。

「沒信？」她問。

「沒信。」他回答。

下個禮拜五，他又去等河輪。而就跟每個禮拜五一樣，沒等到信回家。「我們已經等夠了。」這一晚妻子對他說。「只有跟你一樣有著牛一般的耐心，才能等一封信等了十五年。」上校卻躺進他的吊床看報紙。

「也要等到輪到我們才行嘛。」他說。「我們的號碼是第一千八百二十三號。」

「從我們等信以來，那個號碼都中兩次樂透了。」他的妻子回答。

上校跟以往一樣，把報紙從第一頁讀到最後一頁，包括廣告在內。但這一次他心神不寧。他一邊讀一邊想著他的老兵退伍金。十九年前，國會頒布了法令，他先是花八年提出證明和通過申請。之後，又花六年排進名單。上校收到的最後一封信，就是被通知列入名單。

宵禁聲過後，他讀完報紙。當他準備熄燈時，發現妻子還醒著。

「妳還留著那張剪報嗎？」

他的妻子想了一下。

「還留著。應該跟其他文件放在一起。」

她掀開蚊帳出來，從衣櫃裡拿出一個木盒，裡面有一包用橡皮筋捆緊的信件，是照日期排列的。她找出那張律師事務所廣告，上面保證能迅速完成內戰退伍金申請。

「我早跟你說換律師能省下很多時間，甚至現在有錢可以花。」她把剪報交給上校時說。「我們可不要像印第安原住民那樣，等到躺在棺材裡才拿到錢。」

上校將兩年前的剪報瀏覽一遍，接著放進掛在門後面的襯衫的口袋裡。

「糟糕的是，換律師要錢。」

「不用。」他的妻子說。「寫信給他們，叫他們到時從退伍金扣除所有費用。只有這樣，他們才會認真辦這件事。」

於是，禮拜六下午，上校去拜訪他的律師。他發現他正懶洋洋地躺在吊床上。他的律師是個體型魁梧的黑人，上排牙齒只剩下兩顆犬齒。他穿上木底拖鞋，打開辦公室窗戶，窗邊有架布滿灰塵的自動鋼琴，原本放打孔紙卷的位置此刻塞滿紙張：一本本貼滿《官方日報》剪報的舊帳簿，還有從會計期刊收集而來的資料。這架沒有琴鍵的自動鋼琴也充作辦公桌。律師在一張彈簧椅上坐下來。上校先向他表示他的憂慮，再告訴他這次拜訪的目的。

「我提醒過您，這不是一夜之間就能辦好的事。」律師趁上校停頓時說。他熱得喘不過氣來，往後躺向椅背，隨手拿起一張廣告紙板搧風。

「我的代理人經常寫信來說不要氣餒。」

「十五年來都是同樣的話。」上校反駁。「這已經開始像那個無限循環的閹雞故事。」

律師詳細而生動地解釋行政流程的複雜。那張椅子對他上年紀之後的臀部顯得太過狹窄。「十五年前比較簡單。」他說。「那時還有兩個黨派組成的市立老兵協會。」他深深地吸一口燙人的空氣，脫口而出一句彷彿剛剛發明出來的話：

「團結就是力量。」

「在這件事上，看不到任何團結的力量。」上校說，他第一次發現自己孤獨無助。「所有我的同袍都等信等到進了棺材。」

律師面不改色。

「法令頒布太晚。」他說。「不是所有人都跟您一樣，那麼幸運在二十歲就當上上校。而且漏算一批匯款，所以政府必須想辦法補齊這筆預算。」

永遠都是同一套說法。上校每聽一次，心底就升起一股不滿。「這不是救濟金。」他說。「不是請他們施捨恩惠給我們。我們可是拚死拚活地救這個共和國。」律師雙手一攤表示莫可奈何。

「沒錯，上校。」他說。「人類的忘恩負義是沒有底限的。」

這些話上校也早聽過了。尼蘭迪亞協定簽完的隔天，當政府保證發給兩百位革命軍軍官差旅費和補償金，他就聽過這話。當時，有一團革命軍駐紮在尼蘭迪亞一棵巨大的爪哇木棉樹附近，其中絕大多數都是逃學的青少年，他們在那裡枯等三個月。之後，他們各憑辦法返鄉，繼續在老家等待。轉眼快六十年過去，上校還在等。

他想起往事很是激動，表情轉為凝重。他把右手放在瘦得只剩下皮包骨的大腿上，低聲說：

「我下了一個決定。」

律師等著他接下來的話。

「意思是？」

「換律師。」

一隻母鴨帶著幾隻黃色小鴨溜進辦公室。律師起身趕牠們離開。「悉聽尊便，上校。」他一邊說一邊嚇鴨子。「就照您說的吧。如果我能施展奇蹟，早就不會窩在這個畜欄裡了。」他在通向院子的門口放好柵欄，回到椅子坐下來。

「我的兒子工作了一輩子。」上校說。「我的房子已經抵押。退伍法令對律師來說，卻成了終身俸。」

「對我來說，可不是這樣。」律師抗議。「我把最後一分錢都花在訴訟上面了。」

上校感覺自己說話有失公平，內心覺得難受。

「那才是我想講的，」他更正他的話，舉起袖口擦乾額頭的汗水。「天氣這麼熱，腦筋都生鏽了。」

半晌過後，律師翻遍辦公室，想找出委託書。這個簡陋的房間是粗糙的木板蓋成，此刻陽光已經照進辦公室的中央。律師遍尋不著，最後，他氣呼呼地趴在地上，從自動鋼琴下面撿起一卷紙。

「找到了。」

他把一張蓋章的文件交給上校。「我得寫信給我的代理人，請他們註銷副本。」他總結。上校拍拍灰塵，把文件放進襯衫口袋。

「請您親手撕掉吧。」律師說。

「不。」上校回答。「這可是二十年的回憶。」他還在等著律師繼續找，可是對方沒有任何動作。他回到吊床邊擦汗，站在那兒，凝視在一片反射光芒中的上校。

「我也需要其他的文件。」上校說。

「哪些文件？」

「申請證明。」

律師雙手一攤表示莫可奈何。

「那是不可能的，上校。」

上校不由得緊張起來。他擔任馬康多的革命軍地方財務官時，曾用騾子馱運兩箱內戰的資金，風塵僕僕趕了六天的路。簽約儀式前半個小時，他拖著一頭快餓死的騾子，總算抵達尼蘭迪亞營區。當時擔任大西洋沿岸革命軍的總軍需部長的奧雷里亞諾·波恩地亞上校交給他一張收下資金的收據，並將兩箱資金加進投降的清單。

「那些是無價的文件。」上校說。「其中有一張奧雷里亞諾·波恩地亞上校親簽的收據。」

「我知道。」律師說。「可是那些文件已經轉經幾千人的手和幾千間辦公室，誰知道被移轉到國防部的哪個部門去了。」

「像這樣等級的文件不可能逃過任何官員的眼睛。」上校說。

「但是這十五年來，換了非常多位官員。」律師指出。「想想看，這期間已經換過七位總統，每一位至少換了十次他的內閣成員，每位部長至少換了一百次他的職員。」

「可是沒人能把那些文件帶回家。」上校說。「每位新的官員應該都能在原本的位置找到文件。」

律師感到惱火。

「而且，現在把那些文件從國防部拿回來，又得要重新登記。」

「沒關係。」上校說。

「那可要等上好幾個世紀。」

「沒關係。等了這麼久的人，不會抱著太大的期待。」

4

上校把一疊橫條紙、一支筆、一個墨水瓶，和一張吸墨紙拿到客廳的小桌上，讓房門開著，好方便問妻子問題。她正在誦唸玫瑰經。

「今天幾月幾日？」

「十月二十七日。」

他全神貫注地寫，按照讀小學時學到的那套，手拿著筆，前臂壓著吸墨紙，挺直身體，讓呼吸順暢。客廳門窗緊閉，燠熱無比。一滴汗水掉落在信紙上。上校用吸墨紙吸乾。接著，他試著擦去暈開的字，卻越弄越糊。他沒氣餒。他在旁邊的空白處寫下註記：「既得權利。」接著，他把整段唸出來。

「我排進名單的日期是幾月幾號？」

他的妻子停下誦經，想了一下。

「一九四九年八月十二日。」

不久，天空開始下雨。上校寫滿一整頁，潦草斗大的字體有些幼稚，跟他在馬瑙雷小學學寫字時的字跡一樣沒變。接著，他寫到第二頁的一半，簽上姓名。

他把信唸給妻子聽，每唸一句，妻子就點頭表示贊同。唸完之後，上校封好信封，熄燈。

「你可以請人幫忙用打字機打出來。」

「不要。」上校回答。「我已經對到處求人感到厭煩。」

上校聆聽打在棕櫚葉屋頂上的雨聲整整半個小時。村莊籠罩在傾盆大雨中。宵禁聲過後，屋內某處開始漏水。

「早該這麼做了。」他的妻子說。「最好的辦法就是說清楚。」

「只要肯做，永遠不嫌晚。」上校說，一顆心還懸著漏水的事。「等房屋抵押到期時，說不定所有問題都解決了。」

「還有兩年。」他的妻子說。

他點亮燈，找到客廳漏水的角落。他把餵雞的罐子放在下面接水，轉身走進臥室，耳邊響起雨水滴落金屬空罐頭的滴答聲。

「或許為了賺錢，他們會提早在一月之前辦好。」上校說，並說服自己相信。「到那個時候，奧古斯汀死了一年，我們也能去看電影了。」

她低聲笑出來。「我連那些巫毒娃娃的卡通都記不得了。」她說。上校試著想看清楚蚊帳裡的妻子。

「妳最後一次上電影院是什麼時候？」

「一九三一年。」她說。「那時上映的電影是《死者意志》。」

「有打架的畫面嗎？」

「誰知道。當鬼想搶那個女孩的項鍊時，下起滂沱大雨。」

他們聆聽催眠的雨聲。上校感覺肚子有些不舒服，但沒特別在意。他又快熬過一個十月。他包著羊毛毯子，有那麼一瞬間，他聽見了妻子正費力地呼吸，但她已經漫遊在遙遠的夢鄉。就在這一刻，他十分清醒地說話。

他的妻子醒了過來。

「你在跟誰說話？」

「沒跟任何人說話。」上校說。「我剛剛在想，當初在馬康多那場會議，我們跟奧雷里亞諾．波恩地亞上校說別投降是有道理的。投降之後，這個世界也跟著完了。」

雨下了整整一個禮拜。十一月二日，上校的妻子不顧丈夫反對，去奧古斯汀墳上獻鮮花。從墓園回來後，她再一次氣喘發作。接下來一個禮拜相當難熬。要比上校以為熬不下去的十月的四個禮拜還要難熬。醫生來給病人看病，走出臥室時，他大聲嚷嚷：「要是我也得這樣的氣喘，肯定會活到村裡每個人都下葬。」但是他又跟上校單獨說了些話，然後開出特殊飲食規定。

上校也病了。他奄奄一息地坐在馬桶上好幾個小時，冒著冷汗，感覺肚子躁動不安，身體就要腐爛成一片片剝落掉下。「都是冬天。」他一再地說，但沒感到沮喪。「等雨停了，一切都會轉好。」他是真的這麼相信，有把握自己會活著收到信。

這一次，輪到他來修補家計。他得咬緊牙關，多次到附近商店賒帳。「等到下個禮拜。」他說了連自己都不太確定的話。「有一筆小錢早該在禮拜五拿到。」上校的妻子氣喘發作結束後，心驚膽跳地看著丈夫。

「你瘦成皮包骨了。」她說。

「我很小心照顧自己，為了能賣個好價錢。」他說。「已經有間豎笛工廠跟我問貨了。」

但事實上，他幾乎是靠著等信的希望支撐下去。他筋疲力竭，一身骨頭飽受夜不成眠折磨而逐漸消蝕，他無法同時顧及自己跟公雞的所需。到了十一月的下半月，他以為公雞兩天沒吃玉米粒就快死了。這時，他想起七月時在爐灶上面掛了一把菜豆。他撥掉豆莢，把乾癟的豆子放進公雞的陶罐裡。

「過來。」她說。

「等一下。」上校回答，他正在觀察公雞的反應。「肚子餓了，吃什麼都香。」

他看見妻子努力從床上坐起來。她遭受摧殘的身軀發出一股草藥氣味。她吐出一個字接著一個字，每個字都經過精確計算：

「馬上賣掉那隻公雞。」

上校早已預料這一刻的來臨。那天下午，當兒子被打死，他決定留下公雞，就一直在等待這一刻。他有充足時間思索這件事。

「這樣做不好。」他說。「再過三個月就是鬥雞比賽，到時我們可以賣個好價錢。」

「不是錢的問題。」他的妻子說。「等那幾個小夥子來，就叫他們把公雞帶走吧，隨他們想怎麼處理牠。」

「這是為了奧古斯汀。」上校拿出預先想好的理由說。「想像一下，如果他活著告訴我們公雞鬥贏了，臉上該會有怎麼樣得意洋洋的表情。」

他的妻子正好也想著兒子。

「都怪該死的公雞害死他。」她叫了起來。「一月三日那天，如果他肯待在家裡，就不會慘遇壞時辰。」她伸出枯瘦的手指，指著門口大叫：

「我彷彿還能看到他把公雞夾在胳膊下出門的樣子。我警告他不要去鬥雞場，會遇上壞時辰，他卻咬牙切齒對我說：『別那麼說！今天下午我們就會口袋滿滿都是錢。』」

她疲憊不堪地倒下。上校輕輕地扶她躺上枕頭。他們那一模一樣的眼睛交織在一塊兒。「試著別動。」他說，感覺那嘶嘶的氣喘聲似乎是從自己的肺部發出。她的妻子昏過去半晌。她閉著眼睛。當她再次張開眼，呼吸似乎平穩了一些。

「我是考慮我們的處境。」她說。「把自己要吃的糧食拿去餵公雞是罪過啊。」

上校拿床單擦乾她前額的汗水。

「不會有人在這三個月餓死。」

「那我們在這三個月要吃什麼？」他的妻子問。

「我不知道。」上校回答，「但是，如果我們真的會餓死，早就餓死了。」

公雞活蹦亂跳，牠面前的罐子已經空了。當牠看向上校時，頭往後仰，喉嚨發出像是人類的嘟囔聲。他對牠投去會心的一笑：

「兄弟，日子難熬啊。」

他上街去。此刻，全村都在午覺夢鄉，他腦中一片空白，甚至不想說服自己認清他的問題沒有解決辦法。他在安靜的街道上漫步，直到感到疲倦。他返回家中。他的妻子一感覺他回家，立刻把他叫進臥室。

「怎麼了？」

她回答他的話，但沒看他。

「我們可以賣掉時鐘。」

上校也這麼考慮過。「我相信阿爾瓦洛可以馬上付你四十塊披索。」他的妻子說。「注意，他可是毫不猶豫地就買下縫紉機。」

她指的是奧古斯汀的老闆，他是位裁縫師。

「明天我跟他談看看。」上校同意。

「不要等到明天再談。」她指出。「現在就把時鐘帶去，放在桌上告訴他：『阿爾瓦洛，希望您能買下我帶來的時鐘。』他會馬上就懂的。」

上校不太高興。

「這就像扛著聖墓走著。」他抗議。「要是被人看見我帶著這樣的玻璃盒走在街上，一定會把我寫進拉法葉爾・艾斯卡洛納的歌曲裡。」

但這一次，他的妻子說服了他。她把時鐘拿下來，用報紙包好，交到他的手中。「沒拿到四十塊披索不要回來。」她說。上校胳膊下夾著包裹，往裁縫店去了。他看見奧古斯汀的同事坐在門口。

其中一位讓出位置給他坐。上校腦了一片混沌。「謝謝。」他說。「我只是經過。」阿爾瓦洛從裁縫店出來。走廊上有一片掛在兩根柱子之間的鐵網，他把一塊溼答答的卡其布掛在上面。他是個輪廓剛硬而分明的年輕人，有雙迷濛的眼睛。他也邀上校進去坐坐。上校感覺受到鼓舞。他拿一張凳子靠在門檻邊，坐下來，打算等到跟阿爾瓦洛獨處時，再向他提出交易。突然間，他發現四周每張臉孔的表情都高深莫測。

「我不想打斷你們。」他說。

他們回答沒這回事。其中一個向他靠過去，用低得幾乎聽不見的聲音說：

「奧古斯汀寫了些東西。」

上校看了一眼空蕩蕩的街道。

「什麼東西？」

「一樣的那些東西。」

他們遞給他一份地下文宣。上校把那張紙收進褲子口袋。接著，他安靜下來，手指敲打包裹，有人注意到他帶來的東西。他停下動作。

「上校，那是什麼？」

上校迴避海爾曼那雙彷彿能看透心思的綠色眼眸。

「沒什麼。」他說謊。「只是把時鐘帶去給德國人修理。」

「別做傻事，上校。」海爾曼說，想把包裹接過來。「等一等，讓我來幫您檢查。」

他婉拒了。他什麼都沒說，但是眼眶泛紅。其他人繼續勸說。

「給他檢查吧，上校。他懂機械。」

「我不想麻煩他。」

「什麼麻煩不麻煩的。」海爾曼抗議。他拿起時鐘。「那個德國人會跟您收十塊錢披索，然後把東西原封不動送還給您。」

他拿著時鐘進裁縫店。阿爾瓦洛正在用裁縫機車縫東西。盡頭的一面牆上掛著一把吉他，下方有個女孩正在縫鈕子。吉他釘著一張警示告語：「禁止談論政治。」上校感覺自己像個闖入者。他把腳踏在凳子的擱腳橫木上。

「該死，上校。」

上校嚇了一大跳。他說：「別咒罵。」

阿方索調整一下鼻梁上的眼鏡，仔細打量上校的短靴。

「我是指鞋子。」他說。「您是第一次穿這雙該死的鞋嗎？」

「這也不一定要咒罵吧。」上校說，他亮出那雙漆皮靴子的鞋底。「這雙不可思議的鞋已經四十年歲，這還是它頭一回聽到這樣不堪入耳的話。」

「好了。」海爾曼的喊叫聲跟鐘聲同時從裡面傳來。隔壁的房子裡有個女人敲著隔牆大叫：

「別彈吉他，奧古斯汀過世都還沒滿一年。」

大家哈哈大笑。

「那是時鐘。」

海爾曼帶著包裹出來。

「沒什麼問題。」他說。「如果您想的話，我可以陪您回家，把時鐘掛好。」

上校謝絕他的提議。

「多少錢？」

「不用擔心，上校。」海爾曼回答，回到其他人身邊。「等到一月，公雞會替您還債的。」

這時，上校逮到一個好機會。

「我有個提議。」他說。

「什麼提議？」

「我把公雞送你。」他細看四周一張張的臉孔。「我把公雞送給你們所有人。」

海爾曼一臉茫然地看著他。

「我太老了，玩不起這個遊戲。」上校繼續說。他讓聲音聽起來認真可信。「我扛不起這份責任。這幾天，我老覺得牠快死了。」

「不用擔心，上校。」阿方索說。「那是因為公雞在這個季節會掉毛，而且羽毛根管一直發熱。」

「等到下個月，牠就會好多了。」海爾曼信誓旦旦地說。

「總之，我就是不想要公雞了。」上校說。

海爾曼那雙犀利的眼睛直盯著上校。

「上校，請您明白。」他堅持說。「最重要的是替奧古斯汀把公雞送進鬥雞場。」

上校想了一下。「我明白。」他說。「所以我把公雞留到現在。」他咬緊牙關，凝聚力氣，繼續說下去：

「糟糕的是還有三個月。」

海爾曼恍然大悟。

「如果只是因為這樣，那麼不成問題的。」他說。

他提出辦法，其他人都贊同。黃昏時，上校回到家，胳膊還夾著那個包裹，他的妻子感到希望破滅。

「沒賣掉嗎？」她問。

「沒賣掉。」上校回答。「但是現在沒關係了。那些小夥子願意幫忙養公雞。」

5

「等一等，兄弟，我借你一把傘。」

沙巴斯先生打開辦公室裡一個壁櫃，裡面亂七八糟，有堆在一起的馬靴、馬蹬和皮帶，以及一個裝滿馬刺的鋁桶。上方掛著半打傘和一把女用洋傘。上校不禁聯想起災難肆虐後的殘破景象。

「謝了，兄弟。」他把手肘靠在窗戶上說。「我想等到放晴。」沙巴斯先生沒關上壁櫃。他在電風扇吹得到的辦公桌前坐下來。接著，他從抽屜拿出一支包著棉花的注射針筒。上校凝視雨中蒙上灰色的杏樹。午後冷冷清清。

「從這扇窗看出去，雨很不一樣。」他說。「好像雨是下在另一座村莊。」

「雨就是雨，從哪裡看都一樣。」沙巴斯先生回答。他把針筒放到辦公桌上的玻璃片上煮沸。「這是一座鳥不生蛋的村莊。」

上校聳聳肩。他走到辦公室裡邊：這裡鋪設綠色地磚，家具都套上一層顏色鮮豔的襯布。盡頭，鹽袋、裝蜂蜜的皮囊和馬鞍全東倒西歪地堆在一塊兒。沙巴斯先生那空洞的視線跟著上校而去。

「如果我是您，可不會這麼想。」上校說。

他坐下來，翹起二郎腿，睜著一雙平靜的眼看著俯身在辦公桌上的男子。對方身材矮小，體型壯碩，但皮肉鬆弛，雙眼流露猶如蛤蟆的憂傷眼神。

「您得去看醫生，兄弟。」沙巴斯先生說。「從葬禮那天後，您看起來就有點憂鬱。」

上校抬起頭。

「我非常好。」他說。

沙巴斯先生等著針筒煮沸。「真希望我也能說同樣的話。」他哀嘆。「您真是幸福，健康得連銅製馬蹬也能吞下肚。」他凝視自己那雙布滿褐斑的毛茸茸手背。除了結婚戒指外，手上還戴著一枚黑色寶石戒指。

「沒錯。」上校說。

沙巴斯先生對著門口呼喚妻子，從那扇門可以通到屋內各個角落。接著，他開始哀怨地解釋他的飲食規則。他從襯衫口袋拿出一個小瓶子，把一粒菜豆大小的白色藥片倒在桌上。

「不論去哪裡都得帶著這種藥，真是受苦受難。」他說。「這就像把死亡裝在口袋裡一樣。」

上校朝書桌走過去。他拿起藥片放在掌心仔細檢查，沙巴斯先生邀他嚐看看。

「這是拿來讓咖啡變甜的。」他跟上校解釋。「這是糖，可是沒糖分。」

「我懂。」上校說，他感覺唾液湧出一股帶苦的甜味。「就像敲鐘，可是沒有鐘可敲。」

沙巴斯先生讓妻子打完針後，手肘撐在桌上，雙手托腮。上校不知道該做什麼。沙巴斯先生的妻子拔掉電風扇插頭，移到保險櫃上面擺著，然後走向壁櫃。

「傘這種東西跟死亡有些關聯。」她說。

上校沒注意聽她說什麼。他下午四點出門，目的是想等信，可是遇到下雨，不得不躲到沙巴斯先生的辦公室。河輪到岸的笛聲響起時，雨還沒停。「每個人都說，死神是女人。」他的妻子繼續說。她的身形壯碩，個子比丈夫高，上脣長著一顆多毛的疣。她講話的方式讓人想起電扇轉動時的嗡嗡響。「我不覺得死神是女人。」她說。她關上壁櫃，轉過身，帶著詢問的眼神看著上校。

「我認為死神是一頭長著利爪的猛獸。」

「或許吧。」上校同意。「有時倒是真有一些不尋常的現象。」

他想著穿著雨衣的郵局局長此刻已跳上河輪。自從換律師後，已經過了一個月。是該等到一個回覆了。沙巴斯先生的妻子繼續聊著死神，不久發現上校一副魂不附體的模樣。

「兄弟，」她說。「您是不是在擔心什麼？」

上校回過神來。

「沒錯，夫人。」他撒謊。「我正想著，都五點了，還沒給公雞打針。」

她一臉不解。

「把公雞當人，給牠打針。」她大叫起來。「那是褻瀆的行為啊。」

沙巴斯先生忍無可忍，抬起脹紅的臉。

「閉上妳的嘴一會兒。」他命令妻子。而她用雙手捂住了自己的嘴巴。「妳已經拿那些蠢話騷擾我的兄弟半個小時啦。」

「沒這回事兒。」上校替她說話。

他的妻子甩上門走了。沙巴斯先生拿了一條散發薰衣草香的手帕擦拭脖子。上校走到窗邊。雨毫不留情地下著。有隻母雞蹬著兩隻黃色的腳穿過空蕩蕩的廣場。

「給公雞打針的事是真的嗎？」

「是真的。」上校說。「訓練從下個禮拜開始。」

「真是亂來。」沙巴斯先生說。「這種事你做不來。」

「說的是。」上校說。「可是也不應該因為這樣就扭斷雞脖子。」

「真是魯莽。」沙巴斯先生也走到窗邊。上校聽見他氣喘吁吁，呼吸聲就像風箱，眼神不禁流露對他的憐憫。

「聽我的建議，兄弟。」沙巴斯先生說。「趁還來得及，賣掉那隻公雞吧。」

「只要肯做，沒有什麼事是來不及的。」上校說。

「別說傻話。」沙巴斯先生繼續堅持。「這一行生意就像一把雙面利刃的尖刀。賣掉既可以解決這個頭痛問題，口袋又能有九百塊披索進帳。」

「九百塊披索。」上校驚呼。

「九百塊披索。」

上校發現這筆金額真不得了。

「您認為真有人願意用這麼一大筆錢買下那隻公雞？」

「不只是認為，」沙巴斯先生回答。「而是非常確定。」

這是上校繳回那筆革命軍資金之後所遇到的最高數字。他離開沙巴斯先生的辦公室時，感覺下腹一陣劇烈絞痛，但他非常清楚這一次不是天氣作怪。到了郵局，他直接走向局長：

「我正在等一封緊急郵件。」他說。「是航空郵件。」

局長在分類信箱找了又找。把所有的信看過一遍後，他半句話不吭，又把信依照字母擺回去。他拍了拍手，對上校投去一記意味深長的目光。

「我有把握今天會到。」上校說。

局長聳聳肩膀。

「上校，唯一確定會到的只有死神。」

他的妻子裝了一盤玉米粥等他回家。他默默地吃著，每吃一匙都停下來思考許久。跟他對坐的妻子察覺家裡發生了些事。

「你怎麼啦？」她問。

「我在想那位負責退伍金的職員。」上校說謊。「再過五十年，當我們都躺在九泉之下安息之後，卻輪到那個可憐的男人在每個禮拜五苦苦等著自己的退休金。」

「這是個壞徵兆。」他的妻子說。「看來你已經打算認命。」

她繼續吃著玉米粥，但一會兒過後，她發現丈夫依然心神恍惚。

「現在你該做的是好好吃完玉米粥。」

「很好吃。」上校說。「哪兒來的？」

「公雞的。」他的妻子回答。「那些小夥子送一大堆玉米粒給牠，而牠決定分給我們吃。這就是人生。」

「沒錯。」上校嘆口氣。「人生是人類發明出來最美好的事物。」

他瞥了一眼綁在爐灶腳邊的公雞，這回他感覺這隻動物看起來不太一樣。他的妻子也看著公雞。

「今天下午，幾個孩子帶了一隻老母雞要跟公雞交配。」她說。「被我拿棍子趕出去。」

「這沒什麼好大驚小怪。」上校說。「這種手法，就跟當初有些村子的人把家中閨女送去給奧雷里亞諾·波恩地亞上校播種一樣。」

她聽了開心極了。公雞的喉嚨發出咕嚕一聲，傳到走廊上來，像是有人在低聲說話。「有時我會以為那隻動物要開口說話呢。」她說。上校的視線再次回到公雞的身上。

「這隻公雞是一袋啷噹響的錢。」他說。他一邊計算著，一邊嚐著一匙玉米粥。「夠我們吃上三年了。」

「幻想不能當飯吃。」她說。

「不能吃，可是能讓我們不挨餓啊。」上校回答。「這就像沙巴斯兄弟的神奇藥片。」

這一晚，他轉轉難眠，努力想把那筆錢的數字從腦中抹去。第二天吃午飯時刻，他的妻子盛了兩盤玉米粥，她低頭默不吭聲地吃著自己那盤。上校感染了她的哀傷。

「妳怎麼啦？」

「沒事。」他的妻子說。

他發現這一次換妻子說謊。他試著想安慰她，可是他的妻子繼續否認。

「沒什麼特別的事。」她說。「我只是想著人家過世都快兩個月了，我都還沒去弔唁。」

因此，這一晚她前去了結心願。上校陪她到死者家中，接著他聽見電影院的擴音器傳來音樂，受到吸引便往那邊去了。安赫神父坐在他的辦公室門口，監視是哪些人不聽從他的十二聲警告去看電影。一束束燈光，刺耳的音樂，和孩子的尖叫聲，都跟他親自坐鎮的行動唱反調。其中一個孩子拿著一把木槍恐嚇上校。

「上校，公雞好嗎？」那孩子用命令的口吻說。

上校舉起雙手。

「還是老樣子。」

一張四色印刷的海報占據了大廳的整面牆：「夜半處女」。上面是一個身穿舞蹈服裝的女人，還裸露一整條大腿。上校繼續在附近漫無目的地閒晃，直到遠處伴隨著閃電的雷聲響起，這時，他回頭去找妻子。

妻子不在逝者的家，也沒回家。上校估計宵禁時間很快就要到了，不過時鐘已經停止。他等了又等，感覺暴風雨朝著村莊撲來。正當他打算再出門時，妻子回家了。

他把公雞帶進臥室。妻子換了衣服，到客廳喝杯水，這時上校替時鐘上緊發條，等待宵禁聲來對時。

「妳到哪裡去了？」上校問。

「在那附近。」他的妻子回答。她把水杯放進水甕，沒看丈夫，直接返回臥室。「誰知道會那麼快下雨。」上校沒回應。當宵禁聲響起，他把時鐘調到十一點，關上玻璃小門，把椅子放回原位。

他看見妻子正在誦唸玫瑰經。

「妳還沒回答我的問題。」

「哪個問題？」

「妳到哪裡去了？」

「我在那附近聊天。」她說。「我很久沒出門了。」

上校掛好吊床，關上門窗，在屋內噴灑一圈殺蟲劑，然後把燈放在地上，躺上吊床。

「我懂。」他悲傷地說。「人在遭遇悲慘處境時，最悲哀的是不得不說謊。」

她長嘆一口氣。

「我在安赫神父那裡。」她說。「我拿婚戒去跟他借錢。」

「他怎麼說？」

「他說拿神聖的物品交易是罪過。」

她繼續在蚊帳中講著。

「兩天前，我試過賣時鐘。」她說，「可是沒有半個人感興趣，因為現在賣的現代時鐘不但能分期付款，上面的數字還會發光，能在黑暗中看見時間。」上校心想，夫妻倆一塊生活、挨餓和受苦四十年，他對妻子還是不夠認識。他感覺愛情中有個東西也跟著老去了。

「也沒有人想要掛畫。」她說。「幾乎每個人都有一樣的掛畫。我連土耳其人那裡都去過了。」

上校心頭湧上一陣苦澀。

「所以，現在每個人都知道我們快餓死了。」

「我累了。」他的妻子說。「男人根本對家裡的問題渾然不知。有幾次，我不得不在爐子上煮石頭，以免鄰居發現我們那麼多天沒開伙。」

上校感覺受到冒犯。

「這真是一大侮辱。」他說。

他的妻子掀開蚊帳出來，走向吊床。「我不打算再為這個家裝模作樣和著想。」她流露怒氣的聲音開始粗啞。「我已經受夠這種百般忍耐和確保尊嚴的日子。」

上校躺在吊床上動也不動。

「二十年來，我一直在等待每次選舉過後他們向你保證的美麗諾言，而我們僅有的只有兒子。」她繼續說。「結果兒子也死了。」

上校已習慣聽到她這樣的指責。

「我們盡了我們的責任。」他說。

「他們卻能在這二十年間的每個月在議會裡賺到上千塊披索。」

他的妻子回答。「還有沙巴斯，他賺的錢多到連他那棟兩層的樓房都塞不下，他來到村裡時，只不過是個脖子上纏著蛇的藥販。」

「但是他得糖尿病，就快死了。」上校說。

「而你快餓死了。」他的妻子說。「你應該知道了，尊嚴不能當飯吃。」

閃電打斷她的話。雷聲在街道上迸裂，傳進臥室，就像一堆石頭滾過床底下。她的妻子驚跳起來，衝進蚊帳裡找念珠。

上校露出微笑。

「這都是妳不管好舌頭。」他說。「我不是老跟妳說，天主是跟我站在同一邊的。」

但是他其實滿腹苦楚。半晌過後，他熄燈，在布滿閃電裂痕的漆黑中思索。他想起馬康多。上校花了十年，在那裡苦苦等待他們兌現尼蘭迪亞協定的承諾。他在午覺的睏倦中，看見一列覆蓋灰塵的黃色火車抵達車站，車上跟車頂載著熱得喘不過氣來的男人、女人和動物。那是香蕉熱潮。他們在短短二十四個小時內將村莊改頭換面。「我要走了。」上校說。「香蕉的氣味會腐蝕我的五臟六腑。」於是，一九〇六年六月二十七日禮拜三下午兩點十八分，他搭上回程的火車，離開馬康多。一直到半個世紀過後，他才發現他從尼蘭迪亞投降協定後，內心從沒有過半分鐘的平靜。

他睜開雙眼。

「所以不要再想了。」他說。

「想什麼？」

「公雞的事。」上校說。「明天早上，我就把公雞用九百塊披索賣給好兄弟沙巴斯。」

6

牲畜遭閹割的嚎叫聲和沙巴斯先生的吼叫聲混在一起，從窗戶傳了進來。「如果他一分鐘內再不進來，我就要走了。」上校在枯等了兩個小時後對自己說。但是他又多等了二十分鐘。正當他打算離開時，沙巴斯先生踏進辦公室，身後跟著一群工人。他從上校面前走過去幾次，卻始終沒有看他一眼。

當工人都離開後，他才注意到他的存在。

「兄弟，您在等我嗎？」

「對。」上校說。「但如果您很忙，我晚點兒再過來。」

沙巴斯在門外，沒聽到他說什麼。

「我馬上回來。」他說。

這天正午熱得像要燒起來。從街道上反射進來的日光把辦公室照得發亮。上校熱得頭昏眼花，不由自主地閉上眼睛，很快地，他開始打盹兒，夢見妻子。沙巴斯夫人躡手躡腳地走進來。

「繼續睡吧。」她說。「我來把百葉窗放下，辦公室裡面熱得像地獄一樣。」

上校睜著茫然的眼睛，跟隨她的身影。關上窗戶後，她就在昏暗中跟他聊起來。

「您經常做夢嗎？」

「有時候。」上校回答，他對自己竟然睡著感到困窘。「我總是夢見自己身陷蜘蛛網。」

「我每天晚上都做惡夢。」她說。「現在我很想知道出現夢裡的那些陌生人到底是誰。」

她打開電扇。「上個禮拜，我夢見床頭有個女人。」她說。「我鼓起勇氣問她是誰。她回答：『我是十二年前死在這個房間的女人。』」

「這棟房子蓋好不到兩年啊。」上校說。

「沒錯。」沙巴斯夫人說。「這代表連死人都會記錯。」

風扇嗡嗡作響，辦公室內的昏暗似乎變得更加深沉。上校開始感覺不耐，他熱得難受，又得聽著女人吱吱喳喳，她從惡夢直接講到輪迴的奧秘。正當他打算等她停頓告別時，沙巴斯先生帶著他的工頭走進辦公室。

「我已經幫你熱四次湯了。」她說。

「妳高興的話，可以熱上十次。」沙巴斯先生說。「可現在不要考驗我的耐性。」

他打開保險箱，拿出一卷鈔票交給他的工頭，並交代一連串指示。工頭拉起百葉窗數鈔票。這時，沙巴斯先生看見上校坐在辦公室盡頭，但是沒有任何反應。他繼續跟工頭說話。就在他們兩人又要離開辦公室時，上校站了起來。沙巴斯先生在開門前，停下了腳步。

「兄弟，有什麼事嗎？」

上校發現工頭正看著自己。

「沒事。」他說。「我只是想跟您說個話。」

「要說什麼，現在就說吧。」沙巴斯先生說。「我不能再多浪費一分鐘。」

他的手繼續握著大門的把手。上校感覺自己度過這輩子最漫長的五秒鐘。他咬緊牙關。

「是關於公雞的事。」他低聲說。

這時，沙巴斯先生打開門。「公雞的事呀。」他面露微笑，重複一遍他的話，接著把工頭推到走廊上去。「這個世界就快崩塌了，我的兄弟卻還在擔心他的那隻公雞。」

接著，他轉向上校說：

「好呀，兄弟。我馬上回來。」

上校動也不動地待在辦公室中央，直到聽見那兩個男人的腳步聲消逝在走廊的另一頭。接著，他來到外面，在村裡閒晃，在這個禮拜天的午覺時刻，時間彷彿是靜止的。裁縫店裡沒有半個人。醫生的診所大門緊閉。沒有人看守敘利亞人雜貨店裡的商品。河流就像一面鋼板。港口有個男人睡在四個油桶上，他的臉蓋著一頂帽子遮擋陽光烤曬。上校走在回家的路上，他相信全村莊只有他還在活動。

妻子煮好一頓豐盛的午餐等著他吃飯。

「我賒了帳，保證明天一大早就還錢。」她解釋。

吃午餐時，上校告訴妻子上午三個小時發生了什麼事。她不耐煩地聽著。

「你就是太軟弱。」她聽完後說。「你就是一副上門乞討模樣，但你應該要做的是抬頭挺胸，把他叫到一邊對他說：『兄弟，我決定把公雞賣給您。』」

「這麼說，人生就跟吹氣一樣簡單。」上校說。

她一把火燒了上來。這天早上她把屋內整理一頓，此刻還一身怪異打扮，她套著丈夫的舊鞋，繫上油布圍裙，頭上圍著一條破布，在兩邊耳朵旁各打一個結。「你連一點做生意的腦筋都沒有。」她說。「想要賣東西，就得裝出想要買東西的樣子。」

上校發現她的模樣有些逗趣。

「妳就這個樣子不要動。」他笑著打斷她。「妳這個樣子就像桂格燕麥片罐子上的那個小矮子。」

她摘下頭上的破布。

「我是認真跟你說話。」她說。「現在我就把公雞帶去給他，我跟你賭，我半個小時內就會帶著九百塊披索回來，要拿什麼賭都行。」

「妳腦子糊塗了吧。」上校說。「這是賭上賣雞的錢。」

他費了一番口舌勸她打消念頭。她一整個早上都在盤算接下來三年不用再忍受禮拜五的生活。她將屋子布置一番，就是準備迎接九百塊披索。她列了一張所缺的必需品清單，沒忘記加上要給上校買一雙新鞋。她在臥室裡清出一個擺鏡子的空位。這一切計畫卻在一瞬間破碎，她感到難堪又惱恨。

她睡了一個短短的午覺。她起身後，上校正坐在院子裡。

「你現在打算怎麼做？」她問。

「我還在想。」上校說。

「那麼問題解決了是吧。我們再等五十年就能拿到那筆錢。」

但是，上校其實已決定這天下午要賣掉公雞。他想著沙巴斯先生，他正孤單一個人在辦公室裡，對著風扇注射每天的藥劑。他可以預見他的回答。

「帶著公雞吧。」出門前妻子勸他。「東西在場才會發生奇蹟。」

上校不願意。於是她憂心忡忡地送他到臨街的大門口。

「別在意他的工人是不是也在辦公室。」她說。「拉住他的手，不要鬆開，直到你拿到九百塊披索。」

「人家會以為我們打算搶劫。」

她沒理會他的話。

「記住，你是公雞的主人。」她繼續說。「記住，是你給他好處。」

「好吧。」

沙巴斯先生和醫生在臥室裡。「快把握現在這個機會。」沙巴斯先生的妻子對上校說。「他就要出發去莊園，醫生正在替他做準備，這一去要到下個禮拜四才會回來。」上校在兩股互相拉扯的力量之間掙扎：他決定賣掉公雞，卻又希望晚到一個小時，這樣就不會遇到沙巴斯先生了。

「我可以等。」他說。

但是沙巴斯先生的妻子堅持要他進去。她帶著上校到臥室，她的丈夫正坐在床上，身上只穿著一條內褲，那雙淡色眼珠直直地盯著醫生。上校等候時，醫生將裝在玻璃試管裡的病人尿液加熱後，聞了聞蒸汽，對沙巴斯先生表示結果正常。

「靠糖尿病來除掉這些有錢人太慢了。槍斃比較快。」醫生轉過頭對上校說。

「你已經竭盡所能用那些該死的胰島素注射藥劑來做了。」沙巴斯先生說，並抬起那鬆弛的臀部一下。「可是我的命硬得很。」接著他轉向上校：

「兄弟，請說吧。我下午出去找過您，可是連個帽子的蹤影都沒看到。」

「我可不戴帽子，省得還要在別人面前摘下來，太麻煩。」

沙巴斯先生開始穿上衣服。醫生把一管抽出的血放進外套口袋，接著整理他的手提箱。上校心想著要告辭。

「醫生，我要是您的話，會開給他十萬塊披索的帳單。」他說。「這樣一來，就不必這麼忙了。」

「我已經跟他提過這個交易了，不過，是一百萬披索。」醫生說。「貧窮是治療糖尿病的特效藥。」

「感謝您的特效藥。」沙巴斯先生一邊說，一邊努力把大肚子塞進馬褲裡。「但我不接受，以免害您落入變成富人的慘劇。」醫生看著自己映在手提箱鍍鎳鎖頭上的牙齒。接著他瞥了一眼手錶，臉上沒有任何不耐的表情。這一刻，沙巴斯先生正在穿靴子，卻出其不意地對上校冒出一句。

「喔，兄弟，您那隻公雞怎麼了？」

上校注意到連醫生也出望著聽到他的回答。他咬緊牙關。

「沒什麼，兄弟。」他低聲說。「我上門是要把公雞賣給您。」

沙巴斯先生穿好了靴子。

「很好，兄弟。」他說，語氣沒有絲毫情緒。「這是你所能想到的最明智的決定。」

「我的年紀已經太大，不適合這種麻煩的娛樂。」上校解釋。而醫生表情難以捉摸。「如果我年輕二十歲，那就另當別論。」

「您看起來一向比真正年紀年輕二十歲。」醫生說。

上校的呼吸平靜下來。他等著沙巴斯先生再說些什麼，可是對方沒開口。他穿上帶拉鍊的皮外套，準備走出臥室。

「兄弟，我們能等到下個禮拜再談談這件事嗎？」上校說。

「我正有此意。」沙巴斯先生說。「我有個客戶或許能跟您出價四百塊披索。但是我們得等到下個禮拜四。」

「多少？」醫生問。

「四百塊披索。」

「我聽說鬥雞的身價更高。」醫生說。

「您跟我說過是九百塊披索的。」上校看見醫生一臉茫然，便趁機說。「這可是整個省區最厲害的一隻公雞。」

沙巴斯先生回答醫生。

「以前隨便都能賣到上千塊。」他解釋。「可是現在沒人敢讓厲害的公雞出場比賽。就怕被打死，從鬥雞場收屍離開。」他刻意帶著悲傷的語調，轉過頭對上校說：

「兄弟，這正是我想跟您說的。」

上校點點頭表示了解。

「好吧。」他說。

上校跟在他們兩個後面穿過走廊。沙巴斯先生的妻子把醫生留在客廳，她想跟他要那種治療「突然間不舒服卻不知道是什麼病」的藥方。上校則是在辦公室等沙巴斯先生。對方打開保險櫃，往口袋塞鈔票，然後將其中四張遞給上校。

「兄弟，這裡有六十塊披索。」他說。「等公雞賣掉，我們再來結清餘款。」

上校陪著醫生走過港口的市集，那兒在下午涼爽的空氣中又開始活絡起來。有艘滿載甘蔗的河輪正順流而下。上校發現醫生異常安靜。

「醫生，您還好嗎？」

醫生聳聳肩。

「還好。」他說。「我想，我自己也需要看個醫生了。」

「都是因為冬天的緣故。」上校說。「像我，就會肚子不舒服。」

醫生打量著他，那眼神完全跟看病時的專業態度完全不一樣。接著，他跟坐在自己商店門口的敘利亞人一一打招呼。到了診所門口，上校跟他聊了一下賣公雞的想法。

「我沒別的辦法。」他跟他解釋。「那隻動物會啃光人肉。」

「啃光人肉的是沙巴斯先生。」醫生說。「我有把握他會用九百塊披索把公雞轉賣出去。」

「您這麼相信嗎？」

「我有把握。」醫生說。「這是一樁對他來說油水豐厚的交易，他會做得跟那樁和村長之間的愛國協議一樣完美。」

上校不願意相信。「我的好兄弟簽下那個協議是為了保命。」他說。「這樣一來，他才能留在村莊。」

「這樣一來，他才能用半價買下他那些被村長逐出村莊的黨同志的家產。」醫生反駁。他翻找口袋，找不到鑰匙，所以敲了敲門。接著，他直視上校不敢置信的表情。

「別天真了。」他說。「沙巴斯先生只在乎錢，而不是他的臭皮囊。」

這一晚，上校的妻子外出採買。上校陪著她到敘利亞人的商店，一路上他咀嚼著醫生的話。

「馬上去找那幾個小夥子，跟他們說公雞賣掉了。」她對他說。「別讓他們空抱希望。」

「只要沙巴斯兄弟還沒回來，公雞就不算賣掉。」上校回答。

他在撞球間碰見阿爾瓦洛在賭俄羅斯輪盤。禮拜天晚上，這棟建築裡燠熱無比。那熱氣似乎在收音機開到最大的轟隆隆音量中顯得更加沉悶。上校打趣地看著一長條黑色油布，上頭漆著顏色鮮豔的數字，桌上中央有一個大箱子，一盞擺在上面的油燈照亮了數字。阿爾瓦洛像鬼迷心竅似地一再下注二十三號，卻一路輸到底。上校從他的背後看著他繼續下注，發現輪盤轉了九次，十一號就出現四次。

「下十一號。」他在阿爾瓦洛的耳邊低聲說。「這個數字最常中。」

阿爾瓦洛仔細看了油布上的數字。他在接下來一盤沒下注。他從褲子口袋掏出錢，那鈔票間夾著一張紙。他把那張紙從桌子下面遞給上校。

「這是奧古斯汀寫的。」

上校把秘密傳單塞進口袋。阿爾瓦洛下一大筆錢押十一號。

「一開始別下那麼大。」上校說。

「可能是有種好的預感吧。」阿爾瓦洛回答。他身旁邊一群賭客也紛紛退掉原本下注的號碼，改下十一號，這時巨大的彩色輪盤開始轉動。上校一顆心七上八下。這是他第一次對運氣抱著幻想，卻又有種恐懼和苦澀。

結果是五號。

「真抱歉。」上校不好意思地說，他帶著罪惡感，看著阿爾瓦洛的錢被木條掃走了。「都怪我多事。」

阿爾瓦洛露出微笑，並沒有看他。

「上校，沒關係。我可以試試情場上的運氣是不是比較好。」

突然間，曼波舞曲的喇叭樂聲停了下來。賭客們高舉雙手，分散開來。上校感覺背後傳來步槍上膛時那種刺耳、清晰和冰冷的喀啦聲。他明白自己不幸落入警察的獵殺行動，而口袋裡還放著那張秘密傳單。他轉個圈，沒舉起雙手。這時，他這輩子頭一次離那個殺他兒子的男人這麼近。對方正拿著一把步槍，對準他的肚子。這個男人矮小，印第安原住民長相，一身曬得黝黑的皮膚，散發著一臉稚氣。上校咬緊牙關，舉起手指輕輕地撥開那支步槍的槍管。

「借過。」他說。

他直視那雙像蝙蝠一樣圓圓的小眼睛。這一瞬間，他感覺自己被那雙眼睛吞沒、攪碎、消化，以及很快地排泄出來。

「請過，上校。」

7

他不需要打開窗戶，就能感覺十二月已經到來。他在廚房剁碎要給公雞當早餐的水果時，從他那把老骨頭知道這件事。不久，他打開門，院子裡的景象肯定他的感覺。這是個可愛的小院子，草皮、樹木和那間廁所沐浴在日光裡，彷彿飄浮在離地一毫米的高度。

他的妻子在床上躺到九點。當她出現在廚房裡，上校已經打掃完屋子，正和一幫孩子圍在公雞旁說話。

她得繞過他們，才能走到爐灶旁。

「別擋路。」她對他們大吼。她憂傷地瞪了那隻公雞一眼。「真不知道何時才能擺脫這隻帶來不幸的公雞。」

上校仔細審視公雞，想知道妻子的惡劣心情從何而來。可是他看不出有什麼好讓人怨恨的地方。公雞已經準備好，只等著接受訓練。那脖子和雙腳的羽毛已經拔去，露出光禿禿的紫紅色皮肉，雞冠修整過，整隻雞看起來外型清爽，多了點柔弱的感覺。

「到窗邊透透氣，忘了公雞的事吧。」上校在那些孩子走了之後說。「像這樣美好的早晨，真教人想拍張照片呢。」

她到窗邊透氣，但是臉上沒有任何感動的痕跡。「我真想種玫瑰花。」她回到爐灶旁時說。上校把鏡子掛在柱子上，準備刮鬍子。

「想種玫瑰就種吧。」他說。

他試著跟上鏡子中的動作。

「豬會吃掉玫瑰花。」她說。

「那很好。」上校說。「吃玫瑰花長胖的豬，口感一定很棒。」

他捕捉鏡中妻子的身影，發現她還是僵著同樣的表情。她的臉龐在火光的照耀下，像是用爐灶的泥土塑型而成。上校注視妻子，而雙手不自覺地循著多年來養成的習慣，摸著臉刮鬍子。他的妻子正在沉思，安靜了好一大段時間都沒說話。

「但是我還是不想種。」她說。

「好吧。」上校說。「不想種就別種。」

他神清氣爽。十二月趕跑了他腸胃的不適。這天早上，他試著穿新鞋，卻不太順利。試過幾次後，他明白根本是白費工夫，於是又穿上那雙漆皮短靴。他妻子發現他換回舊鞋。

「新鞋要是不穿，永遠都沒辦法合腳。」她說。

「那雙鞋是給癱瘓的人穿的。」上校抗議。「要賣鞋，應該先找人穿過一個月。」

他來到街上，預感那封信今天下午可能會到。河輪到岸的時間還沒到，所以他前往沙巴斯先生的辦公室去等他。

不過，那邊的人告訴他，沙巴斯先生要到禮拜一才會進辦公室。雖然他沒料到這個意外，倒也不覺得失望。「他遲早會進來。」他對自己說，接著他往港口走去，這一刻美妙無比，充滿像是剛破曉的嶄新天光。

「要是一整年都像十二月就好了。」他坐在敘利亞人摩西的雜貨店裡嘟囔著。「這樣一來，人就能感覺跟玻璃一樣乾淨明亮。」

敘利亞人摩西像是費了好一番力氣，才把上校的意思翻譯成他幾乎忘光的阿拉伯語。他是性情溫和的東方人，穿著一件光滑的長皮衣，包住了頭部和全身，動作就像溺水的人那樣緊張。其實他還真像剛從水裡被撈上來。

「以前或許是吧。」他說。「如果到現在都還是一樣，那麼我不就八百九十七歲了。您呢？」

「七十五歲。」上校說，他的視線緊跟著郵局局長不放。這時，他發現來了一個馬戲團。他看見郵務河輪的船頂上一堆五顏六色的東西中有一頂補丁帳篷。有那麼一瞬間，他的視線離開局長，搜尋堆在其他河輪上的籠子裡的野獸。他沒找到。

「是馬戲團。」他說。「是這十年來第一個來到這裡的馬戲團。」

敘利亞人摩西咀嚼他的消息。接著他用一口摻雜西班牙語的阿拉伯語，告訴妻子這件事。他的妻子從店鋪後面回答他的話。他自言自語一番，接著把妻子的擔憂翻譯給上校聽。

「上校，把貓藏好。街上的孩子會偷走貓，轉賣給馬戲團。」

上校的視線又回到局長身上。

「那不是表演猛獸的馬戲團。」上校說。

「一樣。」敘利亞人說。「雜耍演員會吃貓，這樣就不怕摔斷骨頭。」

上校跟著局長，穿過港口的市集，到了廣場上。他詫異地發現鬥雞場人聲沸騰。有個從那兒經過的人，向他提起他的公雞。這一刻，他才想起今天是開始訓練的日子。

他離開郵局。半晌過後，他置身在鬥雞場熱烈的氣氛中。他看見他的公雞站在場子中央，孤零零，毫無防備，雞爪纏著布，兩腳發抖，看來有點害怕。牠的對手是隻模樣哀淒的灰色公雞。

上校內心平靜如波。這是一場一連串勢均力敵的廝殺。只見翅膀、爪子和脖子扭打交錯，四周圍繞著雷動的歡呼聲。那個對手被拋出後撞上欄杆木條，轉了一圈，再一次衝回來攻擊。他的公雞沒有攻擊。牠擊退對手的每一次進攻，再降落在原地，但此刻雙腳已不再發顫。

海爾曼跳進柵欄，用雙手把牠舉高，亮給看臺上的觀眾看，贏得熱烈的掌聲和歡呼聲。上校察覺喝采聲的熱烈度不若鬥雞時的緊張氣氛。他感覺這像大家串通好的一齣騙劇，兩隻公雞也心甘情願參與演出。

他帶著微微的鄙視和好奇，細細打量場內的圓形看臺。有一群興奮不已的觀眾從看臺爭先恐後地湧進場地。上校觀察那擠在一起的一張張熱情、焦慮和表情鮮活的臉孔。都是年輕人。所有村裡的年輕人都聚集在這裡。彷彿是什麼預兆成真，他再次返回那早已從他記憶抹去的一刻。於是，他跳過柵欄，穿過專注在場地內動靜的觀眾，迎向海爾曼那雙平靜的眼眸。他們目不轉睛地注視彼此。

「午安，上校。」

上校把他手中的公雞接過去。「午安。」他低喃。他沒再多說什麼，因為他感受到公雞身上傳來熱烈深沉的心跳，身子不禁抖了一下。他想著自己從沒抱過這麼有生命力的東西。

「您剛剛不在家。」海爾曼不知所措地說。

又一陣歡呼聲響起，打斷他的話。上校感覺驚恐起來。他沒看任何人，再次邁開腳步，就在一片歡呼和尖叫聲中，愣愣地抱著公雞，走到街上。

整座村莊的人，也就是那些窮苦階層的人，紛紛跑出來看他和跟在他身後的一群小學生。廣場一角，有個體型魁梧的黑人脖子纏著一條蛇，爬上桌子，販賣沒經過許可的藥物。一大群從港口回來的人，原本在那兒聽他吆喝叫賣，但是一看到上校抱著公雞經過，注意力都轉到了他身上。他不曾覺得回家的路像這次這麼漫長。

他不後悔。在長達十年的歷史紛亂過後，這座村莊遍體鱗傷，許久以來一直沉溺在混沌當中。這個禮拜五信件還是沒來，村民已從午後的睡夢甦醒過來。上校憶起過往時光。他看見自己跟妻子和兒子撐著傘，注視眼前即使在雨中也沒停止的表演。他憶起他所屬黨派的領導人梳著一絲不苟的髮型，在他家院子裡拿著扇子跟著音樂的節奏搧風。他再次感覺到腸胃間的翻攪聲，猶如痛苦的鼓聲迴盪著。

他沿著跟河流平行的街道往前走，街上擠著混亂的人群，一如那些遙遠的禮拜天選舉日。他們看著馬戲團下船。一間商店裡面，有個女人大叫著什麼跟公雞有關的話。他依舊沉溺在自己的思緒中，直到回到家，他還聽見支離破碎的話語，彷彿鬥雞場歡呼的餘音還一直繚繞在耳邊。

到了門口，他對身後的那群孩子說：

「全部給我回家。」他說。「敢跟進來的，我會拿皮帶抽他。」

他拉上門栓，直接走到廚房。他的妻子從臥室出來，正困難地喘著氣。

「是他們強行帶走公雞。」她大聲地說。「我跟他們說，只要我還有一口氣在，這隻雞就不能出這個家。」上校把公雞綁在爐灶腳旁，換了罐子的水，耳邊縈繞著妻子激動的叨唸。

「他們說，就算要踩著我們的屍體，也要把公雞帶走。」她說。「他們說，公雞不是我們的，是整座村莊的。」

上校照料完公雞，才轉過來看著妻子焦慮的臉孔。他發現他沒感到一絲後悔或憐憫，但不覺得訝異。

「他們做得很對。」上校平靜地說。接著，他翻找口袋，用一種出奇溫柔的語氣又說：

「公雞不能賣。」

妻子跟著他到臥室。她感覺他像一具軀殼，無法觸及，彷彿她是坐在電影院裡看著大銀幕上的他。上校從衣櫃拿出一卷鈔票，跟口袋裡的另一卷湊在一起，數了數總數，然後收進衣櫃。

「這裡面有二十九塊披索，要還給我的沙巴斯兄弟。」他說。

「等我領到退伍金，再把其他的還清。」

「如果退伍金遲遲沒發下來呢？」他的妻子問。

「會發的。」

「但是如果沒發下來呢？」

「那麼我們就沒辦法還他錢。」

他把床底下的新鞋找出來。回到衣櫃旁，拿出紙盒，再拿來一條破布把鞋底擦乾淨，把鞋子放回紙盒裡，還原禮拜天晚上妻子拿回家的模樣。她沒有任何反應。

「把鞋子還回去。」上校說。「還可以還我的兄弟十三塊披索。」

「他們不接受退貨。」她說。

「他們無論如何都得接受。」上校反駁。「我只套上兩次而已。」

「土耳其人不會懂這些東西的。」他的妻子說。

「他們得懂。」

「如果不懂呢？」

「不懂就不懂。」

他們沒吃晚餐就上床睡覺。上校等到妻子唸完玫瑰經後熄燈。但是他睡不著。他聽見禁看電影的鐘響，緊接著的是宵禁聲，而其實之間隔了三個小時。凌晨時分，空氣轉為冰冷，妻子原本吃力的呼吸變得更加困難。上校依舊睜著雙眼，這時，妻子開口說話，語氣相當平靜和緩和。

「你還醒著嗎？」

「對。」

「理智一點吧。」他的妻子說。「明天跟沙巴斯兄弟談一談。」

「他下個禮拜一才回來。」

「這樣更好。」他的妻子說。「那麼，你有三天可以考慮。」

「沒什麼好考慮的。」上校說。

十月溼黏黏的空氣散去，取而代之的是涼爽宜人。石鴴的出現再一次提醒上校已是十二月。到了凌晨二點，他還是睡不著。但他知道妻子也是醒著。他在吊床上換了個睡姿。

「你還沒睡。」他的妻子說。

「還沒。」

她想了一下。

「我們沒條件這麼做。」她說。「想想看四百塊錢披索加起來有多少。」

「退伍金就快發下來了。」上校說。

「你這句話已經說了十五年了。」

「所以說，」上校說。「不可能再拖了。」

她安靜半晌。但當她再開口時，上校感覺時光似乎不曾流動。

「我認為那筆錢永遠不會發下來。」他的妻子說。

「會發下來。」

「如果沒發下來呢？」

他啞口無言。當第一聲雞啼傳來，他知道自己還清醒著，可隨即陷入深沉、溫暖和沒有悔恨的夢鄉。當他甦醒時，太陽已經高掛。他的妻子還在睡。儘管比平常晚起兩個小時，上校還是完成晨間作息，等待妻子起床吃早餐。

他的妻子起床後，一副心神不定模樣。他們互道早安，然後坐下來安靜地吃早餐。上校啜飲著一杯黑咖啡，配著吃一塊乳酪和一片甜麵包。他整個早上都待在裁縫店。下午一點，他回到家，碰見妻子正在秋海棠之間縫補衣物。

「午餐時間到了。」他說。

「沒有午餐可以吃。」他的妻子說。

上校聳聳肩。他試著把院子裡的籬笆破洞堵起來，以免那些孩子又溜進廚房。當他回到長廊上，桌上已經擺好午餐。

吃午餐時，上校察覺妻子正努力忍著別哭出來。他對這個發現感到吃驚。他了解妻子的個性，她生性堅毅不屈，過了四十年的苦日子後，更是淬鍊了這種精神。她面對兒子的死，連一滴眼淚都沒掉。

他向她投去指責的眼神。她啃咬嘴唇，舉起袖子擦乾溼潤的眼皮，繼續吃午餐。

「你是個做事不經大腦的人。」她說。

上校沒回應。

「你是個任性、固執和做事不經大腦的人。」她又說一遍。她把刀叉交叉放在餐盤上，但立刻又因為迷信把餐具擺正。「我吃了一輩子的泥土，到頭來地位竟然還不如一隻公雞。」

「那不一樣。」上校說。

「就是一樣。」他的妻子反駁。「你應該發現了我的日子不多，我不單只是生病，而是垂死掙扎。」

上校沒吭聲，安靜吃完午餐。

「如果醫生敢跟我保證賣雞可以治好妳的氣喘，我會馬上賣掉。」他說。「如果他不敢保證，就不能賣。」

這天下午，他帶公雞去鬥雞場。回家時，他發現妻子像是又要發病。她在長廊上踱步，頭髮披散在背後，張著雙手，尋找空氣，肺部發出嘶鳴聲。她在那兒待到天黑。然後她沒跟丈夫說半句話，直接躺上床。

宵禁聲過後不久，她還在唸禱文。這時，上校準備熄燈，但是她阻止了。

「我不想在漆黑中死去。」她說。

上校把燈放在地上。他開始感覺疲憊感襲來。他希望忘掉一切，一口氣睡上四十四天，在一月二十日下午三點醒來，人就在鬥雞場，時間正好是公雞跳出去那一刻。但是他知道妻子沒睡，所以心神不寧。

「同樣的故事一再上演。」片刻過後，她開始說。「我們得餓肚子讓其他人有飯吃。這個故事從四十年前就開始。」

上校悶不吭聲，於是他的妻子停頓下來，問他是不是還醒著。他回答還醒著。他的妻子繼續講下去，語調是那樣平靜、順暢和嚴厲。

「除了我們，每個人都能靠這隻公雞賭贏。只有我們連下注的一分錢都沒有。」

「公雞的主人有權分到百分之二十的賭金。」

「你在那些選舉中那樣賣命，也是有權利拿到一個職位啊。」他的妻子反駁。「你在內戰時期出生入死，也是有權利拿到退伍金啊。現在，每個人都過著安穩的日子，你卻要孤單一個人餓死了。」

「我不是孤單一個人。」上校說。

他想解釋一下，但實在敵不過睡意。他的妻子埋頭繼續講著，之後發現丈夫已經睡著。這時，她從蚊帳出來，在漆黑的客廳踱步，嘴巴繼續叨唸。到了凌晨，上校喊了她。她出現在門口，地上的燈幾乎已熄滅，燈光往上照，她看起來像縷幽魂。她熄了燈，爬進蚊帳。但嘴巴還在叨唸。

「我們來做一件事。」上校打斷她。

「我們唯一能做的是賣掉公雞。」他的妻子說。

「時鐘也能賣。」

「沒有人要買。」

「明天，我會想想辦法讓阿爾瓦洛出四十塊披索。」

「他不會出的。」

「那麼就賣掉畫吧。」

他的妻子又開始叨唸，這時，她人已經在蚊帳外。上校發現她的呼氣散發一股藥草氣味。

「沒有人要買。」她說。

「等著看吧。」上校輕聲地說，語氣沒有一絲轉變。「現在快睡吧。如果明天什麼都賣不掉，再想想其他辦法。」

他努力想睜開雙眼，無奈睡意席捲而來。他墜落一個沒有時間和空間的深淵，在那裡，妻子的話語失去了原本的意思。但片刻過後，他感覺有人搖晃他的肩膀。

「回答我的話。」

上校搞不清楚這句話是在睡前還是醒來聽到的。這時天濛濛發亮。窗外出現禮拜天光亮的綠意。他想著自己發燒了。他的雙眼發熱，費了好大的力氣，腦子才清醒過來。

「如果什麼都賣不掉，該怎麼辦？」他的妻子又問。

「那時應該是一月二十日了。」上校說，已經神智清醒。「那天下午，他們會付給我們百分之二十的賭金。」

「那是公雞贏的話。」他的妻子說。「可是，要是輸了呢？你沒想過公雞可能會輸？」

「那隻公雞不會鬥輸。」

「但是你要假設牠可能會輸呀。」

「還有四十五天可以想這件事。」上校說。

他的妻子失望極了。

「那在這段時間，我們要吃什麼？」她問，一把抓住上校身上那件法藍絨衫的領子，用力地搖他。

「告訴我，我們要吃什麼？」

上校七十五歲了，他花了七十五年，度過這輩子的每一分鐘，走到了這一刻。當他回答的時候，他感覺心境單純、澄淨，和無所畏懼：

「吃屎。」

一九五七年一月，巴黎

國家圖書館出版品預行編目資料

沒有人寫信給上校 / 加布列・賈西亞・馬奎斯作；
葉淑吟譯. -- 初版. -- 臺北市：皇冠，2020.01
面；公分. --（皇冠叢書；第4814種）(CLASSIC;103)
譯自：El coronel no tiene quien le escriba

ISBN 978-957-33-3503-0（平裝）

885.7357　　108021150

皇冠叢書第 4814 種
CLASSIC 103

沒有人寫信給上校

El coronel no tiene quien le escriba

作　者—加布列・賈西亞・馬奎斯
譯　者—葉淑吟
發 行 人—平雲
出版發行—皇冠文化出版有限公司
台北市敦化北路120巷50號
電話◎02-27168888
郵撥帳號◎15261516號
皇冠出版社(香港)有限公司
香港銅鑼灣道180號百樂商業中心
19樓1903室
電話◎2529-1778　傳真◎2527-0904
總 編 輯—許婷婷
責任編輯—蔡維鋼
美術設計—王瓊瑤
著作完成日期—1961年
初版一刷日期—2020年01月
初版二刷日期—2022年04月
法律顧問—王惠光律師
有著作權・翻印必究
如有破損或裝訂錯誤，請寄回本社更換
讀者服務傳真專線◎02-27150507
電腦編號◎044103
ISBN◎978-957-33-3503-0
Printed in Taiwan
本書定價◎新台幣280元/港幣93元